U0695841

中华魂

ZHONGHUA HUN

百部爱国故事丛书

威震镇海靖节魂

——抗敌英雄裕谦

孙洪刚　编著

吉林人民出版社

图书在版编目（CIP）数据

威震镇海靖节魂：抗敌英雄裕谦 / 孙洪刚编著 . --
长春：吉林人民出版社，2011.3（2021.8 重印）
（中华魂·百部爱国故事丛书）
ISBN 978-7-206-07484-4

Ⅰ . ①威… Ⅱ . ①孙… Ⅲ . ①故事－中国－当代
Ⅳ . ① I247.8

中国版本图书馆 CIP 数据核字 (2011) 第 031964 号

威震镇海靖节魂
——抗敌英雄裕谦

WEIZHEN ZHENHAI JINGJIEHUN
——KANGDI YINGXIONG YU QIAN

编　　著：孙洪刚
责任编辑：田子佳　　　　　封面设计：孙浩瀚
制　　作：吉林人民出版社图文设计印务中心
吉林人民出版社出版 发行 (长春市人民大街7548号　邮政编码：130022)
印　　刷：北京一鑫印务有限责任公司
开　　本：787mm×1092mm　　1/16
印　　张：8　　　　　　　　字　数：64千字
标准书号：ISBN 978-7-206-07484-4
版　　次：2011年3月第1版　　印　次：2021年8月第2次印刷
定　　价：35.00 元

如发现印装质量问题，影响阅读，请与出版社联系调换。

总　序

　　《中华魂》是一套故事丛书。它汇集了我国自鸦片战争以来一百八十余年间的近百位民族英雄、仁人志士、革命领袖、先进模范人物的生动感人事迹，表现了他们作为中华儿女的伟大的爱国主义精神。

　　爱国主义是人们对于"生于斯、长于斯、衣食于斯"的祖国的一种神圣感情，是人们对于自己民族的一种强烈的责任感和使命感，是感召和激励整个中华民族的一面永不褪色的旗帜。在一百多年的中国近现代史上，爱国主义一直激励着中华儿女为祖国的独立、统一、进步和繁荣而英勇奋斗。从"苟利国家生死以，岂因祸福避趋之"的林则徐，到"我自横刀向天笑，去留肝胆两昆仑"的谭嗣同;从"铁肩担道义,妙手著文章"的李大钊,到"青春换得江山壮,碧血染将天地红"的赵一曼;从"县委书记的好榜样"的焦裕禄,到"问鼎长天,扬我国威"的邓稼先……都表现出了强烈的爱国主义精神。正是由于热爱祖国的人们前仆后继地奋斗,国家和民族才得以生存,才能够在一次次历史危急关头转危为安,走向兴盛和富强,从而屹立于世界民族之林。爱国主义是鼓舞中华儿女历经忧患、跨越沧桑、百折不挠、自强不息的伟大力量,它贯穿于中华民族的整个历史,并有力地凝聚着五洲四海的中国人。

爱国主义是一个历史的范畴,在社会发展的不同阶段、不同时期有不同的具体内容。革命时期,需要我们为祖国的独立自主出生入死;建设时期,需要我们为祖国的繁荣富强增砖添瓦。在全国各族人民团结一心,开启全面建设社会主义现代化国家新征程的今天，我们要争做一名新时期的爱国者。新时期的爱国者要有强烈的民族自尊心、自豪感。民族自尊心、自豪感是任何时期、任何爱国者都必须具备的情感。民族自尊心能增强我们自立向上的恒心，民族自豪感能树立我们建设祖国的信心。要树立"祖国高于一切"的崇高信念，为了祖国和人民的利益不惜抛却个人的利益，甚至不惜牺牲个人的生命。我们要树立终身学习的理念，拓宽自己的知识面，广泛吸收新知识、新技术，完善自身的知识结构，更新学习知识的方法与理念，从思想上、知识上充分武装自己，为祖国的繁荣昌盛贡献力量。

爱国主义思想的继承和发扬，是关系到民族盛衰、国家兴亡的根本问题。爱国主义思想情操的形成，需要不断地培养。培养爱国主义精神的一个重要途径是向英雄人物和典范事迹学习和致敬。这套丛书的出版,对于青少年向英雄和先进人物学习,特别是对于在中小学生中进行爱国主义教育是不可多得的生动的教材。祝愿此书出版发行成功,为培养时代新人做出贡献。

胡维革

　　庚辛海上之变，文臣中可倚以御侮者，仅
林文忠公一人，次则裕靖节耳。

　　　　　　　　　　　　　　——陈康祺

目　录

中华魂 百部爱国故事丛书
ZHONGHUA HUN

1841年10月10日，镇海城内一片火海，滚滚浓烟遮住天际，雨点一般的炮弹将这个风景如画的江南城镇变成一堆废墟。城内居民惊叫着、哭嚎着从西城门向外奔逃，一群群洋鬼子头戴着钢盔，手端着步枪蜂拥而上，爬过高高的城墙，冲进城来。在南城墙上，一位年近半百的老将，满脸污尘，满身血迹，神色庄重地站在城墙上，他慢慢地向城里扫视一圈，然后把脸转向西北，徐徐跪下，叩了三个响头，说了声："圣上，臣子无用，先走了！"

　　他疾步走下城头，奋身一跃，跳进了滚滚东流的护城河里。这位老将是谁？他为什么要投水自尽？且听从头说起。

镇远炮台清兵营房

——抗敌英雄裕谦

威震镇海靖节魂

沙角炮台的濒海台门楼

　　支持禁烟这位老将名叫裕谦，是清朝的一名封疆大吏。1793年生于一个蒙古族大官僚家庭。他的祖先是清朝的开国功臣，先辈们都是清廷重用的武将。

　　裕谦25岁时考中进士，开始了他的政治生涯。在仕途上，他一帆风顺，青云直上，先后担任过湖北荆州府知府、湖北武昌府知府、荆宜施道道员、江苏按察使、江苏布政使和江苏巡抚等职。

　　就在裕谦在湖北、江苏任职期间，清政府和中华民族正面临着一场新的危机，那就是鸦片的大量侵入。

　　鸦片是一种麻醉神经的兴奋剂，是一种残害人们身心健康的毒品。人们一旦吸食上，很容易上瘾，就会中毒，用不了多久，一个身体强壮、精神饱满的人，就会变成骨瘦如柴、精神委靡的"大烟鬼"了。

"鸦片"一词的由来

鸦片是用罂粟果的汁烘干制成。罂粟原产于南欧及小亚细亚，在公元前5世纪左右，希腊人把罂粟的花或果榨汁入药，发现它有安神、安眠、镇痛、止泻、止咳、忘忧的功效，希腊人称其为"阿扁"。公元6世纪初，阿拉伯人把罂粟传到了波斯，波斯人变"扁"音为"片"，称其为"阿片"。公元7世纪，罂粟作为药材从印度等地传入中国，中国人把"阿"音又发成了"鸦"音。从此，在中国就有了"鸦片"一词。

英国侵略者为了从中国掠夺大量财富，从道光皇帝时起，便干起了向中国走私鸦片的卑鄙勾当。他们每年向中国倾销上万箱鸦片，而从中国掠走几十万甚至几百万两白银，给中国留下的只是手无缚鸡之力，人不人、鬼不鬼的"大烟鬼"，中国的危机日益加深。

这时，一些有正义感、有良知的朝廷大臣，如湖广总督林则徐、鸿胪寺卿黄爵滋等挺身而出，强烈地呼吁道光皇帝实行禁烟。林则徐上书道光皇帝，警告

威震镇海靖节魂
——抗敌英雄裕谦

他说："若是任鸦片泛滥下去，数十年之后，中国将没有用来防御外敌的兵，也将没有用来给军队发饷的银！"

这如一声惊雷，震醒了正在徘徊之中的道光皇帝，他决定任命林则徐为钦差大臣，前往广州进行禁烟，一场轰轰烈烈的禁烟运动开始了。

裕谦是朝廷大臣中较早提出禁烟，并且坚决执行的一个。他一面上书皇帝，历陈鸦片的害处，支持林则徐的禁烟观点，一面在自己任职的省份实行禁烟。他先后发出数十篇告示，指出鸦片的危害，说它比砒霜还毒，比洪水猛兽还厉害，主张重治吸食者，对私开烟馆的人应处以绞刑。对那些私带鸦片入境的外国

南山炮台围墙

船只，一经查出，扣除该船执照，船货一律没收入官。下令各地吸食鸦片的人限期销毁烟具，逾期不毁者，一经查出，从重惩治。他办案认真，不徇私情。

一天下午，天气十分燥热，裕谦在府邸里热得难受，就溜溜达达地到庭院阴凉处乘凉，忽然，他想起一件事要叫个家丁去做，刚要喊家丁，一想家丁们都在午休，他就想自己到家丁房里小声唤醒一个。当他轻声来到家丁们住的屋里时，其他家丁都在呼呼大睡，只有一个叫阿根的家丁在慌慌张张地藏着什么。他那张枯瘦灰白的脸一见到裕谦大人进来，吓得更没有人色了。裕谦见状，一怔，忙问："阿根，你干什么呢？"

阿根结结巴巴地说："没，没干什么，我觉得肚子

木排铁链　两广总督邓廷桢、广东水师提督关天培为了加强广东中路海口的防务，在虎门海口设置了两道"木排铁链"。此为木排铁链的场景。

不舒服，正想上茅厕，不想大人进来，吓了一跳。”

裕谦见他神色慌张，再看看他那副骨瘦如柴，一阵大风都能刮跑的样子，心里早就明白是怎么回事了，便对阿根说：“快去快回，我找你有事，回来到我书房里

靖远后墙界址碑

拓展阅读 TUOZHAN YUEDU

鸦片何时传入中国

在公元前139年张骞出使西域时，鸦片就传到了中国。三国时名医华佗就使用大麻和鸦片作为麻醉剂。在唐乾封二年（公元667年），就有鸦片进口的记录。唐代阿拉伯鸦片被称为“阿芙蓉”；公元973年北宋印行的《开宝本草》中，鸦片定名为罂粟粟，这后一个“粟”当蒴果解。

来。"

　　阿根出去了，裕谦心想："这个胆大狂徒，我这么重惩吸食鸦片的人，他竟敢明目张胆地在我眼皮底下吸毒，这怎么得了，我非给他点厉害看看。不知有没有别的家丁也吸，我得认真查查。"想到这里，他把所有家丁都叫醒，集中到大厅里。这时，阿根也从外面磨磨蹭蹭地回来了，精神也不像刚才了，好像特别兴奋，裕谦一见，心里就充满怒气，他大声地说："听说，你们当中有吸鸦片的，我很吃惊，也很气愤，谁要是主动站出来交代，本大人一定从轻发落，既往不咎，如果想抵赖，哼，我一定让他尝尝本大人的厉害。"

　　抗英群雕　面对英国殖民者的武力威胁，林则徐、邓廷桢、关天培以及广大官兵加强战备，增筑靖远炮台，随时准备打击侵略者。

鸦片的来源

鸦片是从一种一年生草本植物——罂粟的未成熟蒴果经割伤果皮后，渗出之白色乳汁干燥凝固而得，含多种鸦片生物碱。鸦片分为生鸦片和熟鸦片。生鸦片呈褐色，有些品种则呈黑色；可制成圆块状、饼状或砖状；一般表面干燥而脆，里面则保持柔软和有黏性，有刺激性气味——陈旧的尿味，味很苦。生鸦片中除了15%～30%的矿物质、树脂和水分外，还含有10%～20%的特殊生物碱。生物碱可分为三类：一类是吗啡类生物碱，其中又包括三种成分，吗啡——含量10%～14%，可卡因——含量1%～3%，蒂巴因——含量约为0.2%；第二类为罂粟碱类生物碱，含量为0.5%～1%；第三类是盐酸那可汀类生物碱，含量为3%～8%。生鸦片经加工处理后，成为吸毒者使用的"熟鸦片"。熟鸦片就是生鸦片经过烧煮和发酵后，制成条状、板片状或块状；其表面光滑柔软，有油腻感，

呈棕色或金黄色，通常包装在薄布或塑料纸中。吸毒者吸食时，熟鸦片可发出强烈的香甜气味。目前鸦片在世界上的主要用途是在医疗上，每年进口数依各国所需要的数量于海关填写并缴纳药品进口税之后，海关才会同意输入。一般而言，输入的都是半熟鸦片。主要的医疗用途是麻醉及染色。

说完，用那双威严的大眼睛在家丁们的脸上扫来扫去，众家丁你看看我，我看看你，表情一片茫然，只有阿根在那里默默地低着头。裕谦看到这里，大声喝道："阿根，你知不知道谁吸鸦片？"

阿根战战兢兢地说："不、不知道。"

裕谦心想：好小子，你还想骗我，我一定让你露馅儿。

想到这里，裕谦说："好吧，既然大家都不说，那么本大人就没办法了，只好让大家一起受罪了。走，都跟我到那间空仓库去。"

说完，便把众家丁带到一个仓库里，里面什么也没有，众家丁进去后，靠墙站好，裕谦说："既然大家

都不说谁吸鸦片，我只
好采取熬煎之法，什么
时候将吸鸦片的熬煎出
来，什么时候才能放了
大家。"

　　说罢，让女仆拿来
一把大锁头，将房门牢
牢锁住，裕谦自己拿着
钥匙走了。到了吃饭时
间，女仆将给家丁送的
饭先送到裕谦面前，裕

谦认真检查女仆身上和饭菜，才准许送去。这样，一
直到了第二天下午，裕谦又到空房去看众家丁，家丁
们都安安稳稳地靠墙或站着，或坐着，或蹲着，只有
靠在墙角的阿根瘫成一堆泥，鼻涕一把、眼泪一把地
蜷缩在那里，昨天的精神劲儿早都没了。

　　裕谦走到阿根近前，用脚踢了他一下，大声喝道：
"大胆的奴才，还不赶快认罪！"

　　阿根跪在那里，痛哭流涕地叩着头，说着："奴才
该死，奴才该死，大人饶命啊。"

　　裕谦大喊一声："来人哪，给我将阿根捆上，送交
知府大人，叫知府大人给我从重处分！"

阿根被大家捆上，连推带拽地拉走了，裕谦对众家丁说："你们看着，阿根就是你们的样本，今后你们谁再敢吸食鸦片，本大人决不饶恕！"

　　第二天，裕谦在府邸的墙外贴了张告示说，无论谁抓获本府内家丁吸食鸦片者一人，不待定案，本府立即赏银五十两。从此以后，众家丁再也没有敢吸的了。

　　仅从1839年6月至1840年1月，由于裕谦采取雷厉风行的禁烟行动，江苏境内从上海口岸到各府州县，破获了数百起走私贩卖烟案，缴获了数以万两计的烟土，有两千多名吸食鸦片者被充军流放，使江苏成为仅次于广东的禁烟成绩卓著的省份。

禁毒销烟文物——半烧化鸦片膏

禁止鸦片的历史

明朝时鸦片列为藩属"贡品"，作为药物。清初传至民间。至少在1729年雍正皇帝就下令禁止鸦片，此后多位皇帝一直强调禁烟。19世纪，英国商人为弥补中英贸易逆差，从印度向中国走私鸦片，最终导致鸦片战争。但是鸦片战争的失败导致鸦片和其他毒品的进一步流毒，直到中华人民共和国成立后，鸦片才基本上被消除。日本政府殖民台湾时，采取鸦片渐禁的手段：也就是允许以成瘾者登记并购买鸦片，但不允许日本人及未成瘾者使用鸦片。以现在的眼光来看，除了将鸦片作为政府收入来源外，这种做法是适当的。但日本政府在辅导成瘾者戒除鸦片的努力不足，引起台湾人民不满，一般推测日本政府难以放弃鸦片公卖的庞大收入。

怒 斥 琦 善

林则徐到广州查禁鸦片，在广东水师和广大群众支持下，在虎门销毁了英国鸦片贩子的两万多箱鸦片，英国政府大为恼怒，为了保护罪恶的鸦片贸易，悍然发动了举世震惊的鸦片战争。

1840年6月，英国侵略军四十多艘军舰侵入广州海面，侵犯广东，受到林则徐率领的广东爱国军民的迎头痛击，入侵没有得逞，转而窜到浙江海面，于7月攻陷了定海。

江浙沿海告急！

当时，裕谦身为江苏巡抚署理两江总督，专办

禁毒销烟文物——珐琅方烟灯

江苏防务，一见英军来犯，急忙调兵遣将，命江南提督陈化成坐镇宝山，徐州镇总兵王志元守上海，苏松镇总兵守崇明，建成固守海口，控制崇明的水陆联防体系。又造10尊大炮和1 000杆抬炮，修造炮台，使江苏海防大

为改观，英军见江苏沿海防范森严，便绕道北上，直逼天津。

　　道光帝见英国侵略者打到了天津，吓得慌了神，急忙派投降卖国的直隶总督琦善为钦差大臣，到广州与英军议和。为了讨好侵略者，撤职查办了禁烟抗英有功的林则徐。琦善到了广州，为了能讨英国侵略者的欢心，拆毁了虎门的防御工事，遣散了林则徐招募的水勇，并向皇帝造谣，诬陷林则徐。消息传来，裕谦简直气炸了肺，他怒气冲冲地在书房里走来走去，像一头发了怒的狮子。突然，他大叫一声："来人哪，给我准备纸墨！"

这时，他的贴身侍卫进来，小心翼翼地为他备纸研墨，低声问裕谦道：

"大人，您要纸墨干什么？"

裕谦愤愤地说："我要给皇上写奏折，状告琦善这个卖国求荣的狗奴才！"

侍卫急忙说："大人息怒，这可使不得，琦善现在是皇上的红人儿，您可千万不要招惹他，要不然，既会得罪琦善，又会惹皇上不高兴。"

裕谦说道："那怕什么？难道他投降卖国就不行说吗？他贪生怕死，胡作非为，出卖祖宗基业，毁我大清江山，是可忍，孰不可忍！大不了丢了乌纱帽，回家种田罢了，死又何惧，更何况是乌纱帽了！"

侍卫还要劝他，只见裕谦挥挥手说："你出去吧，

镇远炮台露天炮位

——抗敌英雄裕谦

威震镇海靖节魂

裕谦于1793年生于一个蒙古族大官僚家庭

我主意已定，决不能改。"侍卫见此，只好悄悄地走了。

　　裕谦愤笔疾书，历数了琦善的几大罪状：夸张敌人势力来要挟朝廷；只知道向敌人赔礼认错，而毫不鼓励防御制敌；拆除防御工事，而将责任推给前任林则徐。要求将琦善撤职查办，否则后果将不堪设想。后来，琦善与英国侵略者签订了丧权辱国的《穿鼻草约》，既割地又赔款，道光皇帝认为丢尽了朝廷的脸，再加上裕谦等大臣的反对，遂将琦善革职查办，而两江总督伊里布因与琦善狼狈为奸，投降卖国，亦被查处。道光皇帝想起了治理江苏海防的裕谦，就命裕谦代替伊里布为钦差大臣、两江总督，到浙江前线督战。

鸦片的危害

鸦片会在人体内产生毒害，其原因何在？原来，在正常情况下，人体内有恒量的产生于人体内部的阿片样物质作用于人体内的一种被称为受体的东西。在医学上称为"内源性阿片样物质"和"阿片受体"。与前者对应，从外部摄入的阿片类物质被称为"外源性阿片样物质"。常量内源性阿片样物质通过阿片受体及其阿片肽系统调节体内诸多神经体液免疫系统，保持正常的体内功能平衡，当阿片类瘾君子长期大量吸入外源性阿片类化合物时，体内内源性阿片样物质因受到抑制而减少。若此时瘾君子继续用药，足量外源性阿片样物质代替了内源性阿片样物质，阿片受体及其阿片肽系统调节体内各系统，使人体内的功能暂时得以维持正常。当瘾君子一旦停药，外源性阿片样物质骤然减少或被阻断，就会造成体内内源性和外源性阿片

——抗敌英雄裕谦

威震镇海靖节魂

样物质同时缺乏的局面，随即发生阿片受体及其阿片肽系统的调节紊乱，出现各种俗称"犯毒瘾"的症状。鸦片作为药物使用，长期或过量使用，则造成药物依赖性；作为毒品吸食，对人体产生难以挽回的损害甚至造成死亡。吸食鸦片后，可以初致欣快感、无法集中精神、产生梦幻现象，导致高度心理及生理依赖性，长期使用后停止则会发生渴求药物、不安、流泪、流汗、流鼻水、易怒、发抖、打冷颤、厌食、便秘、腹泻、身体蜷曲、抽筋等戒断症；过量使用造成急性中毒，症状包括昏迷、呼吸抑制、低血压、瞳孔变小，严重的引起呼吸抑制致人死亡。一百年至二百年前的中国清政府无法禁止鸦片、亦无法限制鸦片使用，而西方国家将鸦片大力倾销到中国，逆转西方世界对中贸易逆差（而后中国自行生产鸦片），这些鸦片严重残害了中国人的健康。

招募水勇

　　1841年2月，英国侵略者因为疾病流行，大量死亡，再加上要集中兵力攻打广州，所以放弃了定海。裕谦到任后，抓紧修筑定海防御工事。定海作为浙江的门户和屏障，自古便是兵家必争之地，英国侵略者居心叵测，行动诡秘，随时都可能卷土重来，所以必须尽快建好防御工事。裕谦不分昼夜，辛劳地奔波着，每天都往来于定海和镇海等地。他看到浙江的老百姓抗战的热情非常高，便决定在百姓中招募一些有特技的人为水勇，对他们进行训练，来补充正规兵力的不足。

威震镇海靖节魂
——抗敌英雄裕谦

鸦片战争文物——威远炮台

一天，在钦差大人的府邸墙外，一大群老百姓争看着一份告示，不识字的人急忙找识字的人给念念。这时，一个文质彬彬的年轻人走过来，对这群人大声说："这是钦差大人的招兵告示，我来给大家念念。"

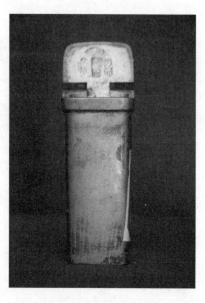

禁毒销烟文物——铜六角形烟盒

说完，便开始念了起来。老百姓静静地听着，只听那个年青人读着：第一，臂力强劲，能举几百斤重东西的。第二，能拉弓射箭，箭不虚发的。第三，能放枪炮，打得又准又远的。第四，能灵巧地使用大刀长矛等兵器的。第五，能翻墙跃沟，飞檐走壁的。第六，精通拳术棍棒的。第七，能熟识海洋风云沙线，善于驾船出入海洋的。第八，善泅水的。年轻人读到这里，大声说道："这些洋鬼子可把我们老百姓害惨了，钦差大人给了我们一个杀鬼子报仇的机会，我们快去报名啊！"

群众议论纷纷，年轻小伙子们个个摩拳擦掌，跃跃欲试。

报名的日子到了，报名仪式在钦差府邸门前的空地上举行。空地上摆着一块大石头和各式各样的兵器，像个大练武场。在北边靠府邸大门处搭了一个临时大棚，摆着一个用红布盖着的长条桌子，裕谦身着官服，威严庄重地坐在中间，其他官员两厢坐着，后面站着一排手拿兵器的衙役护卫着。台下人山人海，黑压压的一片，有的是母亲送儿子来的，有的是妻子送丈夫，有的是姑娘送情郎，也有的是小伙子们搭伴来的，几乎是倾城而出。这天天气特别热，烈日当头，没有一丝云彩，也没有一丝风，人群拥挤着，个个汗流满面，大家都在焦急地等待。

　　下午两点，随着"轰、轰"两声礼炮响，招募水勇的仪式开始了，只见裕谦慢慢地站了起来，用那双

威震镇海靖节魂

——抗敌英雄裕谦

鸦片战争文物——威远炮台

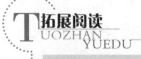
拓展阅读
TUOZHAN
YUEDU

清朝的中央行政机构

清朝沿袭明朝传统，设六部（吏、户、礼、兵、刑、工），各部长官（管部的大学士及尚书、侍郎等）称堂官，部下属各司的郎中、员外郎、主事以及主事以下的七品小京官称为司官。在六部之外和六部并立的中央行政机构有：大理寺、太常寺、光禄寺、太仆寺、鸿胪寺、国子监、钦天监、翰林院、太医院、理藩院、宗人府、詹事府、内务府。

炯炯有神的大眼睛看着老百姓，慷慨激昂地说："乡亲们，洋鬼子打到了我们的家门口，他们欠过我们浙江老百姓一笔血债，他们杀了我们的父老乡亲，奸淫了我们的妻女姐妹，烧毁了我们的家园，挖开了我们祖先的坟墓，让我们的先人在九泉之下也不得安宁。他们杀烧抢掠，无恶不作，害得我们家破人亡。现在，洋鬼子虽然离开了定海，但随时都可能卷土重来。父老乡亲们，我们要武装起来，我们要报仇，我们要讨回血债！"

老百姓群情激愤，齐声高呼着："我们要报仇！我们要讨回血债！"

　　裕谦接着说道："父老乡亲们，从今以后，无论是在海上、在陆上，也无论遇到洋鬼子的军船还是商船，对洋鬼子一律格杀勿论！有功者，都可以到本大臣那里领赏。现在，本大臣要把我们的年轻人组织起来，进行集中训练，来更有效地杀敌，保卫家园，大家说好不好啊？"

　　群众高呼着："好！"

　　招募开始了，考试分成几组，有的考举大石头，一百多斤的大石头要用双手举起几分钟，便合格，然

后到主考官那里写好自己的姓名，主考官发给一块铁腰牌，上写"水勇"二字，便成为正式的水勇了。各考场热闹非凡，小伙子们使出全身的本领，都想成为水勇。有些因年龄太小或身体不好而未被录用的小伙子，满脸沮丧，有的甚至痛哭流涕。招募一直进行到晚上，招募了一千多名水勇，裕谦对他们进行了严格训练，使他们成了一支打洋鬼子的生力军。

清朝的军事系统

清朝军队主要分八旗和绿营两个系统。八旗又分京营和驻防两部分，京营中侍卫皇帝的称为亲军，由侍卫处（领侍卫府）领侍卫内大臣和御前大臣分掌，而御前大臣持掌乾清门侍卫和皇帝出行随扈，权位尤重。其他守卫京师的有骁骑营、前锋营、护军营、步兵营、健锐营、火器营、神机营、虎枪营、善扑营等。骁骑营由八旗都统直辖；前锋营、护军营、步兵营各设统领管辖；健锐营、火器营、神机营由于都是特种兵，设掌印总统大臣或管理大臣管辖；虎枪营专任扈从、围猎等，设总统管辖；善扑营则专门练习摔角。

驻防八旗驻扎于全国各重要之地，视情况不同设将军、都统、副都统、城守尉、防守尉等官。内地将军等只管军事，而驻扎边疆的将军等要兼管民政。清朝的将军是满官的称号，战时则任命亲王为大将军。

绿营即汉兵，驻扎京师的称巡捕营，归步军统领管辖。绿营的建制分标、协、营、汛几级，标又分为督标、抚标、提标、镇标、军标、河标、漕标等，分别由总督、巡抚、提督、总兵、八旗驻防将军、河道总督、漕运总督统率。督标、抚标、军标、河标、漕标都是兼辖，实际各省绿营独立组织为提标、镇标，提督实为一省的最高武官，总兵略低于提督。总兵以下，副将所属为协，参将、游击、都司、守备所属为营，千总、把总、外委所属为汛。

鸦片战争文物——抗英功劳炮

智 除 汉 奸

　　一天，在镇海的海滨走过来一支非常奇怪的队伍，一队兵丁在前边敲着铜锣开道，中间有三个兵丁手举着三根大竹竿，竹竿上挑着三个血淋淋的人头，每个人头上都贴着一个大白条幅，第一个人头上写着"汉奸布定邦"，第二个写着"汉奸虞帼珍"，第三个写着"汉奸郁秀钦"，队伍的后边跟着长长的老百姓队伍。

　　前边的兵丁一边敲锣，一边大声喊着："快来看呀，这就是当汉奸的下场！"

　　路边成群结队看热闹的老百姓指点着，唾骂着：

清朝的地方行政

清沿袭明制,大致分省、府、县三级,总督、巡抚为掌握行政、军事、监察大权的高级地方官员,布政、按察两使为督、抚的属官。与督、抚平行的有驻防将军和提督学政,不过驻防将军只管八旗驻军;提督学政只管学校与科举考试,其权力不能与督、抚相比。省以下有道的设置,道为监察区性质,不算正式行政区。道主要有分守道和分巡道两种,兼兵备衔,另有一些不属布政、按察二司的道,如海关道、管河道、督粮道、盐法道等。省以下为府,设知府、同知、通判等官,与府平行的有直隶厅,设同知、通判。府以下为县,设知县、县丞、主簿等官,与县平行的为散厅,设置同直隶厅。在少数民族地区则设专门机构管理,即土司,一般分为两种:一种由军事部门管辖,如宣慰司、宣抚司、安抚司、招讨司、长官司等,长官为宣慰使、宣抚使、安抚使等;另一种是由行政部门管辖,也设府、县等,官员称土知府、土知县,通常由少数民族头人担任。

威震镇海靖节魂
——抗敌英雄裕谦

"活该，谁要他们吃里扒外，给洋鬼子卖命了！裕大人真行，给咱老百姓除了大害，给咱们出了口恶气！"

原来，裕谦到任后，发现经常有洋鬼子的船在沿海活动，想突袭他们，可每次都扑空。裕谦很奇怪，难道真的是凑巧，还是另有原因？另外，洋鬼子的船长时间在海上漂泊，他们的食物和淡水从何而来呢？

通过细密调查得知，有一些人为了从英国鬼子那里获得暴利或鸦片，置民族与国家利益于不顾，甘心做汉奸、走狗，为洋鬼子通风报信，向洋鬼子供应食品和淡水，做洋鬼子的内线。

鸦片战争文物——后捕鱼台炮口外观

要想有效地打击侵略者，就必须先捉住汉奸，使洋鬼子耳聋眼瞎，无信可知，给他们断绝食品和淡水供应，没有依靠。经过分析，知道这些汉奸也不都是铁杆汉奸，有的被洋人所逼而为洋人做事，有的是为了生活而向洋人出卖食品，只有个别人是铁杆汉奸，不知羞耻，甘心做洋人的奴才。

　　针对这种情况，裕谦对汉奸们进行说服教育，分化瓦解，并且在钦差府邸的墙上贴出一张告示，上面写着："汉奸本来也是好百姓，并不是天生成的，不过为着吃穿，一时糊涂，上了红毛人的当，弄得杀头抄家，爷娘、老婆、弟兄、儿子都要问罪，想想看，做得做不得？本大臣是最慈悲的，心上亦觉得可怜，所以奏明了皇上，只要这班汉奸自己晓得错了，杀了红毛人，到本大臣军营报功，就同好百姓一样，赏他银洋，还可做官。就是不杀红毛人，自己后悔了，逃了回来，老实说明，下回再不做了，本大臣也就不杀他了。倘不肯杀红毛人，

禁毒销烟文物——

鸦片烟盒

鸦片战争文物——后捕鱼台阿姆斯特朗炮座及炮轨

也不回来，这是他自寻死路。本大臣说一是一，说二是二，从不骗人，你们趁早儿想一想，不要错了念头。特示。"

告示贴出后，一些汉奸来到官府自首，表示要痛改前非，可仍有一些汉奸贼心不死，死心踏地地做汉奸，裕谦决定发动群众揭发，严惩几个，以儆效尤。

一天早晨，天刚蒙蒙亮，一阵急促的敲门声把裕谦惊醒，一个家丁急急忙忙跑进来，报告说："大人，定海的老百姓抓住了大汉奸杨阿三。"

裕谦一听，说道："太好了，快，备轿，准备升堂。"

裕谦急忙穿好官服，坐轿来到官府的大堂。只见大堂门外，十多个群众牵着用绳子五花大绑的一个人，众人一见裕谦，忙说："钦差大人，罪大恶极的汉奸杨阿三被我们抓住了。"

裕谦坐在正堂之上，大喝一声："把汉奸杨阿三带上来！"

众衙役把哆哆嗦嗦的杨阿三带到堂前，杨阿三已吓得脸如死灰，裕谦大声说道："杨阿三，你老实交代，你都做了哪些坏事？"

杨阿三一面叩头，一面抵赖说："大人明鉴，小的实在没做什么坏事啊！"

这时，一个黑大汉"扑通"一声跪在堂前，高声说道："大人替小民做主伸冤啊！这个狗汉奸在上次洋

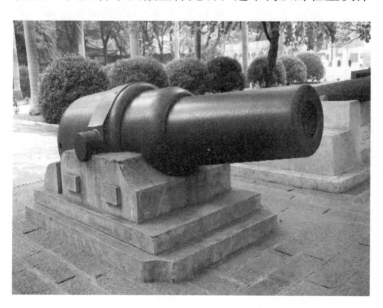

威震镇海靖节魂
——抗敌英雄裕谦

鬼子占我定海时，他领一伙洋鬼子闯进我家，糟蹋了我媳妇儿，杀死了我老娘，还把我家唯一的一头水牛也给牵走了，大人千万不能饶恕这狗汉奸啊！"

众百姓也一齐高喊："大人，杀了这个狗汉奸，替我们老百姓报仇啊！"

裕谦一看此人罪恶深重，民愤极大，决定杀一儆百，遂大声喊道："来人啊，把杨阿三给我

火药埕 陶质。通高38.2厘米，口径10厘米，底径11.7厘米。瓮形，敛口，唇外翻肩部有四系耳，溜肩，鼓腹，腹下内收。通身施黑色釉，外壁底部约有3厘米未施釉。肩部正反面有扇形素面，上书"禅山药局"，"净廿五斤"黑釉字。火药埕用于贮存火药，可以防潮。现藏鸦片战争博物馆。

拖出去斩了，取下首级挂到定海城头，为死去的老百姓祭奠，让那些汉奸看看，并将杨阿三所有家财入官，家属全部问罪流放！"

杨阿三吓得瘫成一堆泥，嘴里还喊着："大人饶命

啊！大人饶命啊！"

可是已经晚了，只听"咔嚓"一声，这个罪孽深重的灵魂下了地狱。

人们将杨阿三的人头挂在城上，城里老百姓议论着：这就是做汉奸的下场啊！

杨阿三被处决了，可是还有一个名叫布定邦的汉奸没有抓到，这个汉奸在洋鬼子占领定海时，领着洋鬼子到处烧杀抢掠，无恶不作，老百姓对他恨之入骨，恨不得食其肉，寝其皮。洋鬼子退出定海后，他怕群众杀他，便躲到洋鬼子的船上去了。听说最近他又在海边露面，替洋鬼子上岸采购食品等东西。裕谦决定设计将布定邦抓捕归案。

鸦片战争博物馆禁毒展厅一角

033
——威震镇海靖节魂
——抗敌英雄裕谦

鸦片战争文物——功劳炮

　　一天，裕谦叫两名武艺高强的衙役装扮成老百姓，并带上一个认识布定邦的老百姓跟着，驾着小船在海边叫卖蔬菜和鸡鸭鱼肉等食品，侦探布定邦情况，乘机将他抓住。

　　说来凑巧，他们刚来到海边不久，就见有一只小船摇摇荡荡地向海边驶来，小船靠岸了，从船上走出一个又细又高、有点儿驼背的男人来，一双贼溜溜的眼睛四处看着。他鬼头鬼脑地来到衙役的船边，一边看着船上的菜，一边看着卖菜的人。那个卖菜的老百姓一看是布定邦，急忙给两个衙役使了个眼色，便满脸堆笑地说："老哥是你呀！你不认识我了？我前两天在这儿卖肉，你还买不少呢，今天买点儿什么？今天的菜又新鲜又便宜，买点儿吧。"

布定邦看看这位老乡，从前就有点儿认识，也在他那儿买过菜，也就放心了，便说："老兄，我今天想多买点儿菜，你快点儿给我称，我还有事要赶路呢。"

那个老乡便高喊："好嘞，喂伙计，快给这位老哥称菜。"那两个衙役一边低头称菜，一边慢慢向布定邦靠近，就在往布定邦筐里倒菜的一瞬间，一个鱼跃，将布定邦按倒在地，用绳子牢牢捆住，送回官衙。

就在追捕布定邦期间，在百姓支持下，又抓住了为洋鬼子打听消息的汉奸虞帼珍、替洋鬼子写告示的汉奸郁秀钦，对这些屡教不改的汉奸，裕谦决定将他们斩首示众，让衙役举着他们的头在海边走一趟，让大家看看。从此后，老百姓中再也没有人敢做汉奸了。

禁毒销烟文物——铜烟灯（玻璃罩）

035
——威震镇海靖节魂
——抗敌英雄裕谦

清代两江总督一览

郎廷佐，汉军镶黄旗人，1665年—1668年任职

麻勒吉，满洲正黄旗人，1668年—1673年任职

阿席熙，满洲镶红旗人，1673年—1681年任职

于成龙，山西永宁州人，1681年—1684年任职

王新命，1684年—1687年任职

董讷，山东平原人，1687年—1688年任职

傅拉塔，满洲镶黄旗人，1688年—1694年任职

范承勋，汉军镶黄旗人，1694年—1698年任职

张鹏翮，四川遂宁蓬溪金桥乡人，1698年
—1700年任职

阿山，满洲镶蓝旗人，1700年—1706年任职

邵穆布，满族，1706年—1709年任职

噶礼，满洲正红旗人，1709年—1712年任职

郎廷极，汉军镶黄旗人，1712年任职

赫寿，满族，1712年—1717年任职

长鼎，满族，1717年—1722年任职

查弼纳，满洲正黄旗人，1722年—1726年任职

范时绎,汉军镶黄旗人,1726年—1730年任职

史贻直，江苏溧阳人，1730年任职

尹继善,满洲镶黄旗人,1730年—1732年任职

魏廷珍，直隶景州人，1732年—1733年任职

高其倬，1733年任职

赵宏恩，1733—1737年任职

庆复，满州镶黄旗人，1737年任职

那苏图,满洲镶黄旗人,1737年—1739年任职

郝玉麟,汉军镶黄旗人,1739年—1740年任职

杨超曾，湖南武陵人，1740年—1741年任职

那苏图,满洲镶黄旗人,1741年—1742年任职

德沛（宗室），1742年—1743年任职

尹继善,满洲镶黄旗人,1743年—1748年任职

策楞，满族，1748年任职

黄廷桂，1748年—1751年任职

尹继善,满洲镶黄旗人,1751年—1753年任职

鄂容安，满洲镶蓝旗人,1753年—1754年任职

尹继善,满洲镶黄旗人,1754年—1765年任职

高晋，满洲镶黄旗人，1765年—1779年任职

萨载，满洲正黄旗人，1779年—1786年任职

李世杰，1786年—1787年任职

书麟，满洲镶黄旗人，1787年—1790年任职

孙士毅，浙江仁和人，1790年—1791年任职

书麟，满洲镶黄旗人，1791年—1794年任职

富纲，满族，1794年—1795年任职

福宁，1795年—1796年任职

苏陵阿，满族，1796年—1797年任职

李奉翰，汉军正蓝旗人，1797年—1799年任职

费淳，浙江钱塘人，1799年—1803年任职

陈大文，河南杞县人，1803年—1805年任职

铁保，满洲正黄旗人，1805年—1809年任职

阿林保，满族，1809年任职

松筠，蒙古正蓝旗人，1809年—1811年任职

勒保，满洲镶红旗人，1811年任职

百龄，汉军正黄旗人，1811年—1816年任职

孙玉庭，山东济宁人，1816年—1824年任职

魏元煜，1824年—1825年任职

琦善，满洲正黄旗人，1825年—1827年任职

蒋攸铦，汉军镶红旗人，1827年—1830年任职

陶澍，湖南安化人，1830年—1839年任职

林则徐，福建侯官人，1836年/1839年任职

陈銮，湖北江夏人；邓廷桢，江苏江宁人，1839年任职

伊里布，满洲镶黄旗人，1839年—1840年任职

裕谦，蒙古镶黄旗人，1840年—1841年任职

牛鉴，甘肃武威人，1841年—1842年任职

耆英，满洲正蓝旗人，1842年—1844年任职

璧昌，蒙古镶黄旗人，1844年—1847年任职

李星沅，湖南湘阴人，1847年—1849年任职

陆建瀛，湖北沔阳人，1849年—1853年任职

怡良，满洲正红旗人，1853年—1857年任职

何桂清，云南昆明人，1857年—1860年任职

曾国藩，湖南湘乡人，1860年—1865年任职

李鸿章，安徽合肥人，1865年—1866年任职

曾国藩，湖南湘乡人，1866年—1868年任职

马新贻，山东菏泽人，1868年—1870年任职

曾国藩，湖南湘乡人，1870年—1872年任职

何璟，广东香山人，1872年任职

张树声，1872年—1873年任职

威震镇海靖节魂

——抗敌英雄裕谦

李宗羲，四川开县人，1873年—1874年任职

刘坤一，湖南新宁人，1874年—1875年任职

沈葆桢，福建闽侯人，1875年—1879年任职

刘坤一，湖南新宁人，1879年—1881年任职

彭玉麟，湖南衡阳人，1881年任职

左宗棠，湖南湘阴人，1881年—1884年任职

裕禄，满洲正白旗人，1884年任职

曾国荃，湖南湘乡人，1884年—1887年任职

裕禄，满洲正白旗人，1887年任职

曾国荃，湖南湘乡人，1888年—1890年任职

刘坤一，湖南新宁人，1890年—1894年任职

张之洞，直隶南皮人，1894年—1895年任职

刘坤一，湖南新宁人，1895年—1902年任职

张之洞，直隶南皮人；魏光焘，隆回金潭人，1902年—1903年任职

魏光焘，隆回金潭人；李兴锐，长沙浏阳人，1904年任职

周馥，安徽建德人，1904年—1906年任职

端方，满洲正白旗人，1906年—1909年任职

张人骏，直隶丰润人，1909年—1911年任职

两江总督

两江总督是地方最高长官，太平天国运动之前多由满人担任，之后汉人渐多。从康熙四年（1665年）到宣统三年（1911年），有影响的计80余人，98任，历247年。历代两江总督如于成龙、张鹏翮、史贻直、尹继善、陶澍、林则徐、裕谦、曾国藩、左宗棠、李鸿章、刘坤一等皆为清代重臣。

两江总督的正式官衔为督办两江（即江南省和江西省）地方提督军务、粮饷、操江、统辖南河事务，是清朝九位最高级的封疆大臣之一。

清顺治二年（1645年），于明南直隶辖地设立江南省，省府位于江宁（今南京）。

康熙六年（1667年），拆江南省为江苏、安徽两省。江南省（今江苏、安徽两省及上海市）和江西省，是清王朝的财赋重地，也是人文荟萃之区。

两江总督前身为顺治四年所设置的江南、江西、河南三省总督，总督府驻江宁。顺治九年，总督府一度迁往南昌，改名江西总督，不过很快恢复旧制。

顺治十八年和康熙十三年，江南、江西两度分置总督，不过在康熙四年和二十一年两省同归两江总督管辖。康熙元年，操江事务划归江南总督管理。康熙二十一年仍合，正式定名为两江总督。雍正元年，授予历任两江总督兵部尚书兼都察院右都御史之官衔。道光十一年起，两江总督兼管两淮盐政。咸丰时期，太平天国占领江宁，两江总督府先后在扬州、常州、上海、苏州、安庆等地驻节。自同治五年起，两江总督兼管五口通商事务，授为南洋通商大臣。

两江总督署展览馆位于南京城正中，明汉王府旧址。展览共分"总督花厅"、"督署大堂"、"督署寻踪"、"近代名督"四个部分，以史料和实物展示、场景复原的手法，叙述了清代官衙的演变，介绍了一代名督如林则徐、左宗棠、曾国藩、李鸿章、张之洞、刘坤一、沈葆桢等人的事迹。将历史的笔触聚焦清政府的封疆大吏，在国内的展览中尚属首次。

清朝的官署

翰林院——掌编修国史、草拟有关典礼的文件等事。最高长官为掌院学士（从二品），属官有侍读学士（从四品）、侍讲学士（从四品）、侍读（从五品）、侍讲（从五品）、修撰（从六品）、编修（正七品）、检讨（从七品）等。

都察院——是监察、弹劾及建议机关。最高长官为左都御史（从一品），属官有左副都御史（正三品，由在京的部、院大臣兼）、六科掌印给事中（正四品）、御史（从五品）等。右都御史（从一品，由地方总督兼），右副都御史（正三品，由地方巡抚兼）。

大理寺——为最高法庭性质。最高长官为大理寺卿（正三品），属官有大理寺少卿（正四品）、大理寺左右寺丞（正六品）、大理寺左右评事（正七品）等。

太仆寺——掌马政。最高长官为太仆寺卿（从三品），属官有太仆寺少卿（正四品）、太仆寺员外郎（从五品）、太仆寺主事（正六品）、太仆寺主簿（正七品）等。

太常寺——掌宗庙祭祀事务。最高长官为太常寺卿（正三品），属官有太常寺少卿（正四品）、太常寺员外郎（从五品）、太常寺满汉寺丞（正六品）、太常寺协律郎（正八品）等。

詹事府——是文学侍从、词臣迁转之阶。原归翰林院，后单设。最高长官为詹事府詹事（正三品），属官有詹事府少詹事（正四品）、詹事府左右春坊庶子（正五品）、詹事府左右春坊中允（正六品）、詹事府左右春坊赞善（从六品）、詹事府主簿（从七品）等。

宗人府——是管理皇室宗族事务的机构。最高长官称宗人府令（正一品），由宗室王公大臣兼领，属官有宗人府丞（正三品）、宗人府理事（正五品）、宗人府副理事（从五品）、宗人府经历（正六品）等。

吏部——掌全国文官品秩、铨叙、考课、黜陟和封授。最高长官为尚书（从一品）、左右侍郎

（正二品），属官有郎中（正五品）、员外郎（从五品）、主事（正六品）等。

　　户部——掌财赋户籍等事。最高长官与属官设置同上。

　　礼部——掌礼仪、祭祀、贡举、教育。最高长官与属官设置同上。

　　工部——掌各项工程、工匠、屯田、水利、交通。最高长官与属官设置同上。

　　兵部——掌全国武官黜陟、兵籍、军械、关禁、驿站等。最高长官与属官设置同上。

　　刑部——掌全国刑狱。最高长官与属官设置同上。

誓 师 大 会

　　1841年8月，战争的硝烟再次在东南沿海燃起。8月20日，英国政府新派遣的侵略军统帅璞鼎查率领2 500人，由广州出发，向北侵犯。8月26日攻占了厦门，下一个目标便是浙江的定海和镇海了。消息传来，人心惶惶，投降派趁机造谣说，英国人攻浙江，是因为裕谦杀过他们的人而来报仇的。裕谦是杀过英国侵略军，他发动群众，曾多次出击小股的鬼子和零星兵船，俘虏过一些鬼子的军官，并将他们处以死刑，英国侵略者对裕谦恨之入骨。当然，他们发动战争，绝不是为了裕谦一个人，即使裕谦不抵抗，他们仍然要进攻浙江。面对这种情况，裕谦忧心如焚，他决定在镇海召开誓师动员大会，鼓舞士兵同敌人血战到底。

开誓师大会的那一天，天空格外晴朗，碧波万顷的大海像一个温柔乖顺的孩子，静静地躺在祖国母亲的怀里。裕谦早早地来到会场，神情庄重而严肃，两道浓眉紧锁着，一双炯炯有神的大眼睛含着怒火，他

鸦片战争文物——12 850千克重的铁炮

穿着一身整洁的一品大员的官服，威武地坐在会场前边一张长条桌子旁，身后及两侧站了一排手拿着武器的士兵。

镇守金鸡山的守将狼山镇总兵谢朝恩和知府黄冕率着将士来参加誓师大会，镇守招宝山的浙江提督余步云也率将士赶来。会场上，一行行、一排排威武的将士，手拿着各式各样的武器，整整齐齐地站着，个个精神饱满，斗志昂扬。

鸦片战争博物馆 地处虎门镇大人山下，背山面海。这里是当年林则徐销毁鸦片的地方，现存有销毁鸦片烟池遗址。入馆门，沿中轴线有抗英群雕塑像、虎门销毁鸦片纪念碑和常年陈列林则徐虎门销烟与鸦片战争史实的陈列楼。这里绿树成荫、环境优美，是具有影响的旅游景区。

"轰、轰、轰",三声礼炮响过,誓师大会开始了,只见裕谦威严地站在那里,大喊一声:

"来人啊,将白马带上来!"

只见一个士兵牵来一匹白马来到台前,裕谦看了看白马,说:

"今天,我们要杀牲祭神,一是要祭告神灵保佑我们,二是我们要血战到底。刑牲开始!"

只见两个魁梧的大汉手提大刀,将白马杀死,将白马的血注入装满酒的大缸里。裕谦慢慢地从台上走下来,走到酒缸前,用酒壶亲自为将士们斟上一碗血酒,然后返回台上,举起酒碗,大声喊道:

"将士们,英国鬼子又打到我们的家门口来了,上次他们占领了我们的定海,杀害了我们多少同胞兄弟姐妹,他们烧杀抢掠,无恶不作,我们有多少家庭被害得妻离子散，家破人亡，又有多少人被迫背井离乡，四处逃亡。将士们，你们说，还能任鬼子们攻进我们的家园，胡作非为吗？"

众将士齐声怒吼道："不能！我们和洋鬼子拼了！"

喊声震耳欲聋，直冲霄汉，在蓝蓝的天际久久地回荡着。裕谦又慷慨激昂地说："将士们，我是个文官，不会舞刀弄枪，但我的祖先们世代为武将，为国家拓土守疆，战死在沙场，他们的忠魂永远激励着我，我决不会贪生怕死，一定和你们一起血战到底，皇上把镇守海疆的重任交付与我，这是皇上对我的信任，但能守住海疆还需要全体将士的奋战，在这里，我敬大家一杯！"

禁毒销烟文物——烟灯

说罢，端起酒碗，一饮而尽。众将士感动得泪流满面，激动地喊着："大人您放心，有我们在，就有城在，决不让鬼子踏进半步！"

裕谦又斟上一碗酒，继续说道："今天，我们已到了生死关头，望大家能生死与共，与阵地

海战博物馆 地处虎门镇大人山下，背山面海。这里是当年林则徐销毁鸦片的地方，现有林则徐销烟池旧址。馆区内设有抗英群雕像、林则徐雕像、虎门销毁鸦片纪念碑和反映林则徐与虎门销烟的基本陈列。馆区绿树成荫、环境优美，是进行爱国主义教育的重要基地。

共存亡，如果谁贪生怕死，心存异念，或接受洋鬼子的降书，或者离开镇海半步，本大臣定斩不饶！来，让我们跪下，敬告皇天后土、祖先神灵，我们结成同生共死的兄弟之盟，与城同在！"

说罢，裕谦带头跪下，众将士也纷纷跪下。这时，只有浙江提督余步云在那里直挺挺地站着，裕谦一看，怒火上升，大喝道："余步云，你为何站而不跪？"

余步云快快不快地说："我腿脚有病，不能跪下。"

裕谦心里一惊，说道："不行，我们祭告祖先神灵，任何人都得跪下。"

余步云无奈，闷闷不乐地跪在了一边。

裕谦大声说道："弟兄们，让我们为能打败洋鬼子，干杯！"

众将士一饮而尽，个个摩拳擦掌，决心与洋鬼子决一死战。

定 海 陷 落

9月26日，英国侵略军出动29艘战舰，共30 000人，兵分三路，猛攻定海。守定海的葛云飞、王锡朋、

鸦片烟馆 1800年至1839年间，英国鸦片的大量输入，严重摧残了吸食者的身心健康，使中华民族蒙受了深重的灾难。此为烟馆场景。

051
——威震镇海靖节魂
——抗敌英雄裕谦

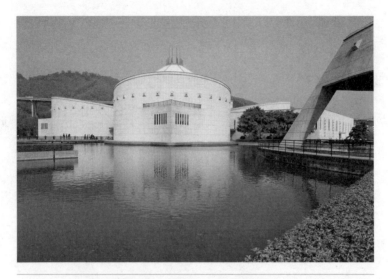

虎门之战场景陈列大楼 1841年2月26日，英军进攻虎门第二道防线诸炮台，关天培率军奋起抵抗。

郑国鸿三总兵，率镇兵5 600多人奋起抗击。葛云飞派人给裕谦送去急信请求兵援，不料，这封信落在裕谦军营一个文书官手里。这个文书官很坏，竟假借裕谦的名义给葛云飞回信，说："定海一岛，本大臣已周密布置，你们一再讨求兵炮，明明是夸大其辞，向我要挟，事先为失败开脱责任，这安的是什么心！所请不准！"

手下人看到此信，非常气愤，便劝葛云飞："敌人来攻定海，你虽然尽心办事，而上级却这么昏庸，岂不是要你去同敌人硬拼吗？事情这样不好办，何不一走了之！"

葛云飞听了，斩钉截铁地答道："大丈夫理当以身殉国。事已至此，竭力杀敌，誓死报国！"

葛云飞对众将士说："大家跟我奋勇杀敌，我们一定能打败它。但我们也要做好准备，城亡我亡，不得离开定海半步。否则，本官定斩不饶！"

从9月26日到30日，英国侵略者向定海发射了上千发炮弹，军舰由29艘增加到40多艘，组织了一次又一次的疯狂进攻，都被葛云飞率领将士们击退了。战斗一直持续了整整五天五夜，将士们已疲惫不堪。

9月的定海，阴雨连绵，士兵们冒着雨，在泥水里，饿着肚子打仗，每次战斗持续几个小时，甚至十

几个小时，伤亡很大，可将士们为保卫国土，"前队阵亡，后队继进"，枪管和炮筒烧红了不能发射，就同敌人短兵相接，进行肉搏战。

到了 10 月 1 日，英国侵略者经过充分准备，发动了全面进攻。防守在城西的总兵王锡朋和防守城西南的总兵郑国鸿，在激战中壮烈牺牲。葛云飞守在城南，受到敌人东西两面的夹击。在混战中，他脸部受伤，鲜血淋漓，如同血人，他仍坚持着战斗，直到全身受伤四十多处，还用尽身上最后一点力气，杀死了英将安突德。后来，敌人凶狠地在他背后射了一枪，子弹穿透了他的胸膛，他壮烈地牺牲了。他临死不屈，直

威远炮台旧址

立在崖石边，手举大刀，双目充满怒火，大义凛然，吓得敌人不敢靠近。

定海不幸陷落了，消息传来，裕谦怒发冲冠，悲愤异常。英国侵略军初战得手，气焰更加嚣张，并不断从福建方向增调来援兵。裕谦仅有四千人马驻守镇海，敌我力量悬殊，形势十分危急。当时驻守香港的英军力量薄弱，裕谦上奏道光皇帝，请求令驻守广东的靖逆将军奕山向香港进攻，以便分散敌人兵力。不料，卖国投降的奕山以"守为上策"为由，拒不发兵。这样，裕谦只得率孤军同敌人进行最后的战斗了。

鸦片战争博物馆

鸦片战争博物馆坐落于广东省东莞市虎门，是纪念性和遗址性相结合的专题博物馆，管理的林则徐销烟池与虎门炮台旧址是全国重点文物保护单位，是鸦片战争时期的历史见证，管理面积约八十万平方米。

鸦片战争博物馆始建于1957年，建馆初期馆名为"林则徐纪念馆"，1972年更名为"鸦片战争虎门人民抗英纪念馆"，1985年重新定名为"虎门林则徐纪念馆"，为利于对鸦片战争遗址的管理，又增加一个馆名——鸦片战争博物馆。1987年7月和1988年1月先后成立沙角炮台管理所和威远炮台管理所，分别管理沙角和威远岛诸炮台遗址。1999年12月，博物馆正式对外开放。

鸦片战争博物馆负责收藏、研究、陈列林则徐销烟与鸦片战争文物史料，保护林则徐销烟池与虎门炮台旧址及有关文物，利用这些文物资料向广大观众进行爱国主义宣传教育。

鸦片战争博物馆的基本陈列是《林则徐禁烟与鸦片战争史实陈列》、《鸦片战争海战陈列》以及《虎门海战半景画》。

　　虎门林则徐纪念馆位于虎门镇口社区，管理的销烟池旧址是1839年林则徐销毁英美鸦片的历史遗存。具有炮台神韵的门楼、陈列大楼、抗英群雕、林则徐铜像、虎门销化鸦片纪念碑、抗英大炮等，共同营造了浓郁的历史氛围。

　　海战博物馆位于虎门镇南面社区，由陈列大楼、宣誓广场、观海长堤等组成纪念群体。基本陈列《鸦片战争海战陈列》被评为"2001年度全国十大精品陈列之最佳形式设计奖"。《虎门海战半景画》采用艺术与声、光相结合的现代展示手法，具有强烈的艺术表现力和感染力。《全国禁毒教育展览》是青少年禁毒教育的重要课堂，海战博物馆被列为全国禁毒教育基地之一。

　　沙角炮台管理所管理的炮台旧址位于虎门镇沙角社区，保存完好并对外开放的有沙角门楼、濒海台、临高台、捕鱼台、节兵义坟、林公则徐

威震镇海靖节魂
——抗敌英雄裕谦

拓展阅读
TUOZHAN YUEDU

纪念碑、功劳炮、克虏伯大炮等文物遗存。沙角炮台是扼守珠江口的要塞，依山傍海，景色秀丽。

威远炮台管理所管理的炮台旧址位于虎门威远岛南面社区，包括威远、镇远、靖远、南山顶、蛇头湾、鹅夷等炮台，这些炮台构成立体的海防防御体系，被誉为"南方海上长城"。

多年来，鸦片战争博物馆在上级主管部门的正确领导和大力支持下，坚持贯彻"保护为主、抢救第一、合理利用、加强管理"文物工作方针，努力做好文物保护工作，充分利用文物资源开展爱国主义教育，每年接待国内外观众超过100万人次。

裕谦年谱

1793年,1岁　裕谦,原名裕泰,字鲁山,号舒亭,蒙古族,博罗忒氏,清末八旗蒙古镶黄旗人。他出生于蒙古封建官僚家庭,其祖辈三代,曾祖班第、祖父巴禄、父亲庆麟都是效忠清朝的有功之臣。

1796年,3岁　嘉庆即位。

1798年,5岁　父亲去世。

1817年,24岁　裕谦中进士,选翰林院庶吉士。初见林则徐。林则徐时任翰林院庶常馆编修。裕谦参加过林则徐等组织的宣南诗社活动。

1818年,25岁　4月,日食。

1819年,26岁　散馆后任礼部主事。

1820年,27岁

7月　嘉庆帝驾崩。

1821年,28岁　道光帝即位。

1822年,29岁

5月　林则徐从福建抵达北京,觐见了新帝

道光。裕谦与林则徐见面。

1824年,31岁　补以礼部满洲、蒙古员外郎。

1826年,33岁

6月　被任命为湖北荆州（今江陵市）知府,从此开始了他地方官的政治生涯。其间,他察访吏治,抑制豪强,执法严明,刚正不阿,平反冤狱,不避权贵,惩办贪官污吏,蠲免田赋,兴修水利,救灾济贫,关心民间疾苦。

两广总督李鸿宾缉私。

1830年,37岁

8月　林则徐补湖北布政使,裕谦与林则徐相见。

1833年,40岁　裕谦开始早期禁烟活动。留心政事,极力主张反对外国鸦片的侵入,认真执行禁烟政策,严禁官兵、差役和平民百姓吸食鸦片。他在湖北知府任上就发布禁烟告示:"凡军民人等,买食鸦片烟者,杖一百,枷号两个月。""如有栽种、煎熬图利者,为首发边远充军。""其私开烟馆者,照邪教惑众律拟绞。"

"知情容留发近边充军，房屋入官。"他在告示中，特别警告吸食鸦片烟者，要"痛加改悔"，"改弦易辙，别作良图"。如有"仍蹈前辙"，定"从重治罪"。他在查获烟案中，还制定"限期查办，有犯必获，获犯必惩，惩必加重"的有效措施。

1834年，41岁 历任荆宜施道、江苏按察使。任江苏按察使时，拜见江苏巡抚林则徐。

1835年，42岁 全国吸食鸦片烟人已达200万。

1836年，43岁 林则徐任两江总督。弛禁派上奏。弛禁派与严禁派展开斗争。

1838年，45岁

10月 林则徐上书要求禁烟。

12月 道光帝同意禁烟，并派林则徐去广州禁烟。

1839年，46岁 裕谦改任江苏布政使，兼署江苏巡抚。裕谦第二次禁烟。多次严令禁止洋船私带鸦片进入上海。从海路上严禁外国洋船夹带鸦片入口，违者"一经查示，扣留治罪，

061

——抗敌英雄裕谦

船货一并入官"。他在办案中，要求严明法治，不辜好人，采取"良民不准株累一人，烟犯更不准纵漏一人"的政策，对"本衙门家丁凌贵吸食鸦片烟，立即交苏州府收禁，照例加等治罪。如有拿获本衙门家丁一名，不待定案，本署院即捐尝银五十两"。在几年的禁烟活动中，裕谦共计捕获烟犯一千数百名之多，间拟遣军流放不下2 000名，在一定程度上打击了反禁烟派和官民吸食及贩运烟毒的罪恶活动。

3月　林则徐到广州，与邓廷桢商量禁烟办法。并命令英国鸦片贩子把烟全部交出来。义律到广州指使大鸦片商颠地连夜逃出广州，未遂。

6月3日　林则徐在广东虎门销烟。

12月　裕谦实授江苏巡抚。在官场上，以身守法，节俭淳朴，廉洁奉公。

1840年,47岁

1月　道光皇帝调任邓廷桢为两江总督（后改调闽浙总督），林则徐为两广总督。

2月　英政府派懿律和义律做侵华的全权代表。

6月　鸦片战争爆发。懿律到广东海面。

7月　英国侵略军第一次攻占我国领土——浙江定海。

裕谦升为两江总督，掌理江苏、江西和安徽三省之盐、漕、河三大政务。他奏请道光皇帝添铸火炮，建造炮台，加强江苏沿海的防御能力。

8月　懿律军逼近天津。

道光帝立即派琦善和英军谈判。后派他为钦差大臣到广东同英军谈判。这时，懿律病退，义律暂时代理英方全权代表。

林则徐、邓廷桢被革职。1841年5月10日，林则徐、邓廷桢同时被遣戍新疆伊犁。

鸦片战争前40年英进烟40余万箱。

裕谦分析国内外形势。

1841年,48岁

2月　英国侵略军在东南沿海不断扩大侵略。原任命主持江、浙海军防务钦差大臣伊里布放弃抵抗，又不力主收复定海。清廷便撤换了伊里布的职务，任命裕谦为钦差大臣赴浙江，

——威震镇海靖节魂
抗敌英雄裕谦

负责海防。他坚决反对前任伊里布媚外卖国的所作所为，同时揭露投降派琦善丧权辱国的诸多罪行。他特别尊重林则徐，曾奏请将已被革职的林则徐留在浙江协助抗英，但未获道光帝批准。裕谦到浙江镇海军营参赞军务后，立即提出收复定海的计划。2月16日，裕谦在上奏道光帝之《急宜乘时收复定海折》中，极为详细地陈述收复定海的重大意义和具体措施。

2月27日　道光帝采纳了裕谦收复定海的奏折，钦差大臣裕谦自上海行营驰抵镇海军营。

2月30日　裕谦向定海宣战，收复了定海。之后，道光帝便全力起用裕谦主持浙江军务。

3月　裕谦加强定海防御力量。

关心镇海的设防。

在江苏方面，裕谦也作了相应部署。

在上海，调防外营官兵1 100名，提标本营兵700余名，乡勇200名，团练水勇100名，共计2 100余名，均归徐州镇总兵王志元统带。裕谦命令王志元说："无事则弹压操巡，有警则随即防剿，并为宝山之援应。"

在崇明，裕谦也派有防兵3 300名，而且部属道："严密防守，枕戈以待。"

4月　琦善被锁拿回京，奕山当将军赴广州。

英撤了义律职务，改派璞鼎查做侵华全权代表。

8月　英国向我国东南沿海进犯，但此时沿海各省却在撤兵，防务空虚。时任两江总督、驻镇海前线钦差大臣的裕谦，获知英军可能再度进攻浙江的消息后，奏请暂缓撤退江浙两省调防官兵，但没有得到道光帝的同意。在兵力不足的情况下，裕谦动员民众布防备战。当英军开始向浙江进攻时，他在前线努力激发士气，严阵对敌。

9月　英国为扩大侵华战争，首先派兵三万分乘29只军舰侵入定海。

10月1日　英军第二次攻陷定海，总兵葛云飞、王锡朋、郑国鸿率5 000名守军浴血奋战六天六夜，大部分将士壮烈牺牲。定海再度失陷。接着，

威震镇海靖节魂
——抗敌英雄裕谦

英军进攻镇海。

10月2日　裕谦在镇海。当时防守镇海的兵力只有4 000人，裕谦率兵守城内，令浙江提督余步云、总兵谢朝恩分守招宝山和金鸡山。裕谦一面请清政府调兵援浙，一面广募水勇团练乡民，组织群众抵抗。同时，裕谦集众宣誓，表示要与镇海共存亡，"断不可以退守为辞，离却镇海县城一步"。战前，裕谦召集部属对天盟誓："文武将佐，敢有受夷一纸书者，去镇海一步者，明正典刑，幽遭神殛。"但余步云借口足疾不肯下跪，说明他早怀二心，也预示着战败之局已定。

10月8日　当英国侵略军兵船四十余只，逼近镇海海口时，裕谦抱定誓死报国的决心，竭尽忠诚，奖励士卒，准备对英国侵略军进行誓死的抵抗。

10月9日　英军舰4只，驶进蛟门，逼近镇海。

10月10日凌晨　英军万余人分两路向镇海发动总攻。裕谦亲自登城指挥战斗，官兵斗志高涨。然而，在招宝山前线的浙江提督余步云两次请求退守宁波，裕谦不许。余步云便独自行动，竟下令士兵不许还击，接着又在招宝山上挂起了白旗。英军蜂拥登岸，余步云在慌乱中丢弃阵地，逃到了宁波。金鸡山守军见招宝山不战而溃，一时阵势大乱，总兵谢朝恩奋勇抗敌，中炮身亡。

中午，英军入镇海县城，裕谦知败局已定，在悲愤中向"西北叩头，跳沉泮池殉节"。镇海遂告失陷。

10月11日　裕谦过余姚县，去城五里气绝，殓于杭州，享年48岁。在鸦片战争众多的死难者中，裕谦是官阶最高的一员。书房名"勉益斋"。遗著《勉益斋偶存稿》、《勉益斋续存稿》、《裕靖节公遗书》。

血 战 镇 海

　　10月9日，英国侵略者的军舰逼近镇海，他们分为左、中、右三个纵队，准备先攻占镇海的门户——北岸招宝山、南岸金鸡山，然后进攻县城。

　　战斗的前夕，裕谦知道镇海兵少无援，没有多大希望能守住，便做好了与城同亡的准备。夜深了，他在府邸匆忙地料理着后事。他把来府做客的一个朋友叫来，心情沉重地说："明天就要打仗了，打起仗来，

威震镇海靖节魂

——抗敌英雄裕谦

　　林则徐与裕谦　在禁烟运动中，裕谦主张严禁鸦片输入，重治鸦片吸食者，积极配合林则徐禁烟。鸦片战争爆发后，裕谦是坚决的主战派，并积极劝说道光帝收复定海。他被历史学家称为"林则徐第二"。图为林则徐雕像。

有些话就来不及说了，今晚我先告诉你：凡是军中的谕旨、奏疏及其他文稿都放在行馆了，你要代我保管好，我所写的奏疏文稿等都藏在我的家祠里，将来朝廷若要，你就将它献给朝廷。"

说到这里，重重地叹了口气，继续说："我没有儿子，只有一个文弱的妻子和尚在吃奶的女儿，她们母女俩在余姚，我若战死，望恩公能代我抚养，您的恩情，我也只有来世再报，现在请您先受我一拜。"

说罢，站起身来，给客人深深地鞠了一躬。客人感动得热泪盈眶，哽咽着说：

"大人，您多虑了，你们一定会胜的。即使有什么不测，我一定替您照顾好夫人，把您的女儿抚养成人。

请您放心去吧!"

裕谦接着说:"明天一早你就从西门离开此地,在城西几里外等候我的消息。如果我打败了敌人,你就给我写个胜利捷报,如果我失败了,你不要管我,快去余姚,和我家人会合,保护好她们。另外,我死了,提督余步云一定会把情况告诉敌人,敌人定会占领镇海,你如果有机会,上奏皇上,说明情形,请皇上派兵切断曹娥江,这样,东南沿海还有希望守住。这一切一切都拜托您了。"

说完,就连夜上阵地了。

10月10日黎明,英国侵略军开始向金鸡山进攻。驻守招宝山的提督余步云说:"我们不能白白坐着等着送死,快准备几匹快马,我们从西门逃走。"

沙角炮台的节马雕塑

　　他的心腹从马厩里挑了几匹快马，来到余步云面前，余步云急忙上马，嘴里还说着："裕谦，这阵地留给你守吧，本将不奉陪了。"

　　说完，领着一队随从打马从西门逃跑了。主将一逃，阵地就乱了阵角，士兵们也放下武器四处奔逃，英国侵略者迅速地占领了招宝山要塞。

　　作为镇海的屏障和门户的金鸡山和招宝山一失守，镇海城便赤裸裸地暴露在敌人火力之下。中午，侵略者在炮火的掩护下，开始在东城搭云梯攻城。裕谦登上城墙，亲自拿着鼓槌，击鼓助战，他率领四千余名士兵奋力作战，敌人一次一次被打退，大部分士兵都阵亡了。敌人的炮弹宛如雨下，全城一片火海，老百姓开始从西门退出，敌人又攻上来了。裕谦从容走下

销烟场景　1839年6月3日至25日，林则徐在虎门海滩当众销毁1 188 127千克鸦片，在世界禁毒史上写下了光辉的篇章。

城楼，投入水中。

　　千总马瑞鹏一看裕谦投水，慌忙跳水去救，裕谦被救出来时，已奄奄一息了。此时，洋鬼子正在悬赏十万金，求购裕谦的尸体，马瑞鹏等人下定决心，绝不能让钦差大人落在洋鬼子手中。他们找到一顶小轿，抬着裕谦从小路逃出镇海城，上了一只小船，直奔余姚。路上，裕谦昏迷不醒，有时嘴里还发出"杀呀！杀呀!"的喊声，第二天，他永远地闭上了眼睛。

　　道光帝听到裕谦的死讯，也很悲痛，赐裕谦号为"靖节"，后人尊称他为靖节公。广大人民深深怀念和敬仰这位蒙古族英雄，在镇海为他建了专祠，作为永久纪念。他的忠魂永远激励后人去报效祖国。

鸦片战争大事记

1840年

1月2日　清廷令地方官及将领，严究武弁兵丁吸食鸦片。

1月5日　清廷任命邓廷桢为两江总督，林则徐为两广总督，裕谦为江苏巡抚。

林则徐根据道光帝旨意，宣布正式封港，永远断绝和英国贸易。

1月8日　英国"窝拉疑"号舰长宣布，自1月15日起，封锁广州口岸与珠江口。

1月14日　顺天府尹曾望颜奏请封关禁海，断绝对外贸易，募善泅水者火攻英船。

1月16日　英维多利亚女王在议会发表侵华演说，声称：中国禁烟事件不仅使英商利益遭受损失，而且影响了英王的"尊严"。

1月21日至28日　清廷先后调伊里布为两江总督，邓廷桢为闽浙总督，福建水师提督陈化成为江南提督。

本月英印总督奥克兰奉令筹组一支"远征军"。

2月1日　林则徐从美国旗昌洋行购买英船"甘米力治"号，载重1 200吨，将其改为装有34门炮的兵船。

2月20日　英政府任命懿律和义律为侵华正副全权公使，懿律为侵华英军总司令，并发布秘密训令和对华条约草案。

2月29日　游击马辰分四路火攻英船及贩卖烟土的走私船，烧毁各种船23只。

3月7日　林则徐提"以守为战，以逸待劳"方针，主张雇募渔民、蛋户为水勇，火攻英船。

3月25日　"都鲁壹"号军舰自新威尔斯开到广东海面。

3月29日　林则徐得悉英国兵船来粤，命令水陆兵弁加紧操练，加意严防。

4月7日至9日　英国议会就对华战争问题展开辩论，最后以271票对262票的微弱多数，通过了侵华提案。

拓展阅读
TUOZHAN YUEDU

4月10日　英国议会通过军费支出案。

4月21日　林则徐奏请在尖沙嘴山添设炮台，增置大炮。

4月27日　林则徐就曾望颜奏发出复奏，反对封关禁海。

5月16日　林则徐检阅新水师，包括"甘米力治号"、两条25吨的纵帆船及明轮推动的小船和许多沙船。

5月22日　福建水师在穿山洋面与英舰"希腊"号激战。英舰长与25名船员受伤。

6月8日　林则徐、关天培火攻英船于磨刀洋，烧毁英船13只，近岸篷寮9座。

6月13日　林则徐复令火船10只乘潮火攻英船。

6月21日　英国舰队由海军司令伯麦率领到达澳门外海。次日宣布，28日封锁广州江面与海口。林则徐加强虎门设防。

6月27日　广州地方官发出布告，列出悬赏缉拿敌人等级。

6月28日　懿律自南非到达广州。

英舰封锁珠江海口，鸦片战争正式爆发。

6月30日　懿律率英军主力北犯闽浙沿海，英舰船五艘继续封锁珠江口。

7月2日　懿律派"布朗底"号船长进入厦门港口，递交巴麦尊致中国钦命大臣书，被退回。

7月3日　英舰"布朗底"号炮轰厦门，守军还击。英舰离开厦门北驶。

7月5日　英军进攻定海，第二天清晨陷定海城。

7月12日　英军派船至宁波、镇海，再次试投巴麦尊书信，仍被拒。

7月20日　清廷得悉定海失陷，命福建提督余步云驰往浙江剿办。

7月24日　浙江巡抚乌尔恭额、提督祝廷彪革职留任，令邓廷桢选派大员带领舟师，赴浙会剿。

7月28日　英舰封锁宁波及长江，北赴天津。

本月，英军进攻澳门，被中国军队击退，

——威震镇海靖节魂

抗敌英雄裕谦

林则徐增派兵员屯守澳门。

8月5日 刘韵珂任浙江巡抚。

8月6日 以伊里布为钦差大臣，赴浙江、宁波相机剿办，裕谦署两江总督。

琦善奏天津仅有守军800人。

8月7日 英军舰队驶抵白河口外停泊。

林则徐奏，建议定海用民众杀敌。

8月9日 道光帝谕令琦善，如英船驶至天津海口，不必遽行开枪开炮，倘投禀，即进呈。

8月11日 英方致书琦善，要求派人至船上接受英国照会。琦善因见英军装备，此后一意主和。

8月15日 琦善派白含章到英船收取英国照会，约定10日内听候回音。

8月17日 林则徐亲赴狮子洋面校阅水师。

8月19日 英留粤船舰攻打澳门关闸，双方均有伤亡。

8月20日 道光帝批答英国书，令琦善转告英人，允许通商和惩办林则徐，以此求得同侵略者妥协。

8月21日　清廷接到林则徐奏折，道光斥责林则徐"不但终无实济，反生出无数波澜"。

8月25日　英军在崇明岛登陆，被当地人民奋勇击退。

8月29日　琦善派人给英船送大牛、羊、鸡、鸭等。

8月30日　琦善照会懿律，劝英军退回广州等候谈判，并答应重治林则徐，"代申冤抑"。

8月31日　琦善和义律举行第二次会谈（8月30日已谈判一次）。

广东水师副将陈连升在磨刀洋击败英留粤军舰。

9月4日　琦善奏陈会晤义律情形，力主抚议。

9月15日　英军离白河南下。英运输船"风筝"号闯入浙江慈溪、余姚，被乡勇围击沉没。

9月17日　清政府谕令沿海督抚对南返英军兵船不得开枪放炮。

威震镇海靖节魂
——抗敌英雄裕谦

以琦善为钦差大臣，前往广州办理对英事宜。

9月18日　清廷令山东巡抚托浑布酌撤营伍，以节縻费。托浑布遣人馈送英军牛羊蔬菜。

9月24日　林则徐密陈禁烟不能中止，请求"制炮造船"，以资防备。

9月25日　清廷将林则徐、邓廷桢交部严加议处，以琦善署理两广总督。

9月29日　以云南巡抚颜伯焘为闽浙总督。

10月2日　伊里布与义律在镇海会谈，讨论交还定海与释放晏士打拉打厘事。

10月3日　林则徐、邓廷桢被革职，林则徐留粤以备查问差委。

10月7日　乌尔恭额因前拒绝接受英国文书，解京治罪，后被定绞监候。

10月23日　福建减撤水勇，以节省军费。

10月25日　伊里布、谢辅陞等与英谈判，索还定海。

10月27日　江苏撤退防兵。

本月英军中疫病流行，400多人死亡，1 500

人染病。

11月6日　懿律在浙发布通告，宣布钦差大臣伊里布已与他订立浙江休战协定。

11月14日　懿律率麦尔威厘号等船南下，留下布朗底号等船只。

11月15日　守海英军撤退一半。浙江撤退防兵。

11月21日　懿律率英国舰队抵广东，派人赴沙角送信遭炮击。

11月29日　琦善到达广州。

懿律因病返英，陆海军指挥权由伯麦接替，外交事务由义律管理。

本月虎门内外已有清兵勇共万人。

12月4日　琦善接任两广总督，撤除海防工事，解散壮勇。

义律向琦善提出和议条件14项。

12月7日　义律照会琦善，要求按英国提出的14项条件议定和约。

12月11日　琦善擅自答应义律赔偿烟价洋

银500万元，其他拟"代为奏恳施恩"。

12月14日　英舰增加，陆续驶近虎门，企图占据香港。

12月15日　琦善照复义律，答应赔偿烟价洋银600万元，广州之外，再给一处码头。

12月19日　琦善奏，英人强索香港，拟准在厦门、福州通商。

英国大小兵船、火轮船20余只，抛泊穿鼻洋。

12月26日　义律通牒琦善，限27日对英所提要求作出答复。琦善照复义律，赔偿烟价定为洋银600万元，"万难再商"。

12月29日　义律照会琦善要求给予寓海岛一所。

12月30日　清廷谕告琦善，一面多方羁绊，一面妥为预备。令四川派兵2 000名，湖南、贵州各派兵1 000名，备调遣。

1841年

1月2日　琦善照复义律，表示不能赴澳门谈判，并驳斥其求地要求。

清廷令伊里布、裕谦等预筹备战。

1月5日　伯麦照会琦善，以动兵相威胁。

1月6日　清廷令琦善、伊里布停止交涉，相机剿办。

1月7日　英军攻陷大角、沙角炮台，副将陈连升战死。

1月10日　义律照复琦善，重申8日所提条件，再以武力威胁。

1月20日　琦善奏请给英以香港泊舟寄居。

1月21日　义律发布公告，诡称已和琦善签订了初步协定：割香港给英王；赔偿烟价洋银600万元；公文平等往来；广州新年过后开放。

英军退出大角、沙角。

1月25日　清廷谕令琦善一力剿英。命伊里布克复定海。

1月26日　英军占领香港。

1月27日　琦善和义律会于狮子洋莲花山，密商"善定事宜"条款。

以大角、沙角失守，琦善交部议处，革关

天培顶戴，戴罪立功。

1月30日　清廷以御前侍卫内大臣奕山为靖逆将军，户部尚书隆文、湖南提督杨芳为参赞大臣，前往广州，主持广东军务。

1月31日　琦善将所拟草约文本4条，转给义律。2月14日，琦善将此文本奏报道光帝。道光批："一片呓语。"

2月2日　清廷令吉林、黑龙江、河南、陕西、甘肃5省各派兵1000名，备调遣。

2月10日　清廷命裕谦为钦差大臣赴浙代替伊里布专办攻剿事宜。

2月11日　琦善与义律在穿鼻洋蛇头湾继续密谈"善定事宜"。

怡良奏报《英人强占香港并出伪示折》。

2月13日　义律照会琦善，送阅新草拟善定事宜7条汉英文本，建议定日会晤，当面盖印。

2月15日　琦善派人求见义律，声明暂不能盖付关防，请再限十天。

清廷令奕山一意进剿，不准留香港给英人

居住。

2月16日　义律再照会琦善，以开战相威胁要求在"善定事宜"上盖印。

2月18日　琦善照会义律，前议条款，因病不能斟酌，请再等候。

2月23日　英军开始向虎门进攻，中英冲突又起。

2月25日　英军交还定海。广东英军在南横档岛登陆。

2月26日　英军攻陷虎门炮台，提督关天培战死。

道光收到怡良关于英占香港奏报，下令将琦善革职锁拿进京治罪（8月9日定斩监候，10月24日重发往军台充苦役）。以祁康为两广总督。

2月27日　英军攻陷乌涌炮台，总兵祥福战死。

3月1日　林则徐自筹经费，陆续募练壮勇达560人。

英新任陆军总司令郭富（卧乌古）率军到黄埔，扩大侵略。琶洲土炮台失陷。

3月2日　英军攻陷猎德炮台。

3月5日　参赞大臣杨芳到达广州，主持军事。

革伊里布协办大学士，拔去双眼花翎。

3月6日　二沙尾炮台失陷。

3月10日　义律封锁广州。

3月13日　英军攻陷大黄炮台、湖州炮台、沙涌炮台。

3月15日　凤凰冈守军击退英舰。令齐慎为参赞大臣，带川兵数百名驰粤会剿。

3月16日　美广州领事多利那请恢复通商。

3月17日　凤凰冈炮台失守。

3月18日　义律托行商伍绍荣调停通商。杨芳准照常贸易。

3月20日　杨芳和义律达成休战贸易协定。

3月21日　到粤各地官兵已有16 000名。

3月31日　伯麦回印度，向印度总督报告广东军事，并请求增派援兵。

4月10日　英外交大臣上书英女王，不同意"善定事宜"，其后英政府又否决了义律的有关报告。

4月14日　奕山、隆文及新任粤督祁埙到达广州。

4月16日　清廷赏林则徐四品卿衔，命驰赴浙江，协办海防事务。

4月18日　清廷以杨芳、怡良不及时进剿，并允许英人通商，命交部严加议处。三日后革职留任。

4月30日　英国政府以义律索益太少，改派璞鼎查为全权大臣兼贸易监督，扩大侵华战争。

5月3日　以裕谦为两江总督。林则徐离粤赴浙，行前为奕山等筹御夷六策。

5月21日　奕山分三路夜袭英军失败。

5月22日　英军大举反扑，进逼广州。清败军劫掠商馆。

5月23日　义律通告，限奕山于12小时内

将军队撤出广州城。

5月24日 英军占领坭城、四方炮台。

新安民众以火船毁虎门外英船一只。

5月26日 英军进攻广州城。

5月27日 奕山派余保纯乞降，与义律签订《广州停战协定》，允退出广州，赔款洋银600万元。

5月29日 英军侵扰广州北郊三元里萧冈，三元里民众奋起反抗，打死英军多人。

5月30日 三元里人民诱英军于牛栏冈，痛击之，打死英军少校毕霞。英军逃窜回四方炮台，被义勇包围。

5月31日 三元里人民包围英军于四方炮台，在义律的威胁下广州知府余保纯前往解围。

英外相巴麦尊训令璞鼎查，再占舟山，要求赔款，增开口岸。

6月5日 英军先后退出四方炮台（6月1日）、坭城。

6月6日 奕山、隆文退屯金山。

6月7日　英国宣布香港为自由港。粤民贴出告示，痛斥英国侵略者。

6月8日　英军退出虎门。

广东当局奖赏抗英有功绅民何玉成等。

6月18日　清廷从奕山之请，允英人通商。

伯麦自印度回香港，任英国副全权大臣。

6月21日　清廷令裕谦赴浙江筹防，又谕江苏及沿海各省防备英船。

6月28日　清廷革去林则徐四品卿衔，与邓廷桢发往伊犁"效力赎罪"。

本月，广州北郊十三社八十余乡联合抗英义勇成立"升平社学"。

7月16日　英船陆续驶往裙带路（香港岛西北）抛泊。

7月25日　清廷革伊里布职，发往军台效力赎罪。

7月28日　河南下南厅祥符汛黄河决口。

清廷命杨芳回湖南提督任。

清廷以中英冲突结束，令沿海各省酌量裁

撤调防官兵。

8月10日　璞鼎查到达澳门。

8月12日　璞鼎查照会广州当局，要求接受去年所提各项条件，否则带兵北上。

8月19日　清廷命林则徐折回东河"效力赎罪"。

8月24日　义律与伯麦离开中国。

8月25日　璞鼎查率海陆军北犯闽浙。英兵闯进厦门，遭守军反击。

清廷谕令裕谦、刘韵珂除于镇海、定海酌留弁兵外，余俱酌量裁撤。

8月26日　英军攻陷厦门，总兵江继芸、副将凌志战死，闽督颜伯焘退守同安。

本月林则徐途经京口（今镇江），把在广州时搜集、翻译的外国资料和《四洲志》手稿交给好友魏源，嘱托进一步收集研究外国情况，魏源在此基础上编纂成《海国图志》。

9月5日　英国舰队驶向舟山。

9月13日　以英舰突至福建，清廷命沿海各省加强战备。

9月16日　广东学署开考文童试，知府余保纯被文童驱出考场。

9月17日　英兵船占领浙江石浦岛，俘清水师船三艘。

9月18日　清廷命奕山、祁埂等设法收复香港。

9月26日　英舰队到达舟山，定海总兵葛云飞开炮抗击。

9月30日　英舰纳尔布达号在台湾基隆触礁，台湾军民俘获英军百余名。

10月1日　英军自26日起连续进攻定海，经6昼夜血战，葛云飞、王锡朋、郑国鸿三总兵相继战死，定海再陷。

10月9日　英军分犯镇海金鸡山、招宝山，提督余步云弃炮台逃走。

10月10日　英军攻占镇海，裕谦殉难。

10月13日　宁波失陷。

10月18日　清廷命协办大学士、吏部尚书

威震镇海靖节魂
——抗敌英雄裕谦

奕经为扬威将军，赴浙江办理军务。

10月19日　清廷降闽督颜伯焘三品顶戴，革职留任。授怡良为钦差大臣赴闽，会同防堵。释琦善赴浙江军营效力，旋改发往军台充苦差。

10月20日至22日　清廷命户部左侍郎文蔚为参赞大臣，牛鉴为两江总督，赴浙江协剿。

10月27日　台湾军民击退再犯基隆之英船。

11月4日　英外相阿柏亭训令璞鼎查，中国未完全接受条件时，不停止军事行动。索赔兵费酌量决定，增开四五个口岸，不拟要求土地。

11月20日　清廷派御前大臣僧格林沁等查阅天津海防。

12月31日　英军焚掠慈溪城。

1842年

1月10日　英军焚掠奉化，继而入侵余姚。

1月19日　闽浙总督颜伯焘被革职。

1月22日　湖北崇阳钟人杰率众起义（3月2日失败）。

2月1日　璞鼎查回抵香港。

2月16日　任命怡良为闽浙总督，梁宝常为广东巡抚。

2月25日　英军从定海撤军。奕经自杭州进驻绍兴。

2月27日　英殖民政府自澳门移驻香港。

3月10日　奕经令清军分三路进攻宁波、镇海的英军，三路皆败。

3月11日　台湾民众引诱英船阿纳号于大安港北搁浅，乘机歼灭。

3月15日　英军进攻慈溪，文蔚不发援兵，副将朱贵父子与士兵数百人战死。

3月16日　文蔚闻大宝山战败，弃长溪岭，连夜退抵曹江。

3月18日　奕经、文蔚弃绍兴，渡江回杭州。

大学士、军机大臣王鼎在林则徐襄助下终于使黄河符祥决口修竣，道光皇帝下令林则徐仍发往伊犁充军。

3月22日　璞鼎查不准奕山在珠江口岸筑设

炮台。

美国派加呢率军舰2艘抵澳门。

3月27日 清廷命盛京将军耆英任杭州将军（4月11日颁给钦差大臣关防），阿精阿任广州将军。

3月28日 伊里布发往浙江效力。

4月5日 镇海民众用火船焚烧英船。

4月8日 清廷宣布"攘外必先安内"，决定向英投降。

4月14日 郑鼎臣率壮勇火攻定海英船，焚小船数十只。

4月16日 清廷令各军，不得冒昧轻进，不准杀害英俘。

5月11日 耆英、伊里布先后到杭州。

5月14日 清廷赏在台湾抗英有功之臣达洪阿太子太保衔，姚莹二品顶戴。

5月16日 英船到乍浦洋面。

5月17日 壮勇王建功等在定海县向英军出击，夺回船只7条。

5月18日　英军攻陷乍浦，佐领隆福阵亡。

6月9日　清廷命伊里布以四品顶戴署乍浦副都统。

6月16日　英军进攻吴淞口。嘉兴县丞龚振麟率5艘自造新式车轮战船，参加战斗。年近七旬的江南提督陈化成血战牺牲。两江总督牛鉴逃窜。宝山失陷。

6月17日　英援军自印度到吴淞。

6月18日　奕山被革职，祁塪被革职留任。

6月19日　英军侵占上海县城，大肆劫掠。

6月20日　伊里布照会英军，乞求议和。

6月21日　余步云被革职拿问（1843年1月24日被斩）。

6月22日　璞鼎查率舰到上海，与侵占上海的英军会合。次日英军从上海撤走。

6月26日　法国巡洋舰一艘驶到吴淞口。

6月27日　清廷命赛尚阿为钦差大臣，驰赴天津，会同讷尔经额办理防务。

6月28日　耆英、伊里布派陈志刚赴吴淞口请和，被拒。

7月16日　道光密令耆英向英军求和。

7月18日　英舰队封锁镇江附近运河入口，在仪征炮击盐民，制造老河影惨案。

7月20日　江阴乡民击毙侵犯英军数十人。

7月21日　英军攻占镇江，副都统海龄殉难。

7月22日　耆英、伊里布再请议和。

7月26日　道光帝密谕耆英"慎持国体，俯顺夷情"（允平行行文、给地、开口岸）。另谕耆英、伊里布为钦差大臣。

7月27日　授耆英、伊里布为议和全权大臣。

7月29日　两江总督牛鉴致书英军求和。璞鼎查复书，请派全权大臣前来酌商。

8月4日　英舰队抵达南京江面。

8月8日　伊里布抵南京，令家人张喜赴英舰询问议和条件。

8月9日　英军齐集南京江面，开始登陆。

8月10日　道光帝谕告耆英、伊里布完成和局，勿顾虑。

8月11日　林则徐从西安出发西行，开始写《荷戈纪程》。

8月12日　钦差大臣耆英抵南京。

8月14日　咸龄、黄恩彤代表钦差大臣与英议订和约。

8月16日　耆英承认英方要求，定于20日两国全权代表会见。

8月20日　耆英、伊里布与璞鼎查在英舰"康华丽"号上会见。

8月24日　清英代表于静海寺再次会谈。

8月27日　耆英等接18日谕令，各件俱允，唯福州不得开为商埠。

8月28日　黄恩彤再与璞鼎查商谈，拟以泉州代福州为口岸，不成。

8月29日　耆英、伊里布与璞鼎查签订《中英南京条约》（又称《江守条约》）。此为中国近代史上外国侵略者强迫清政府签订的第一个

威震镇海靖节魂
——抗敌英雄裕谦

不平等条约。

8月31日　耆英奏报签约经过及条约内容。

9月5日　璞鼎查照复耆英、伊里布、牛鉴善后事宜12款。

9月6日　道光帝批准《南京条约》。

9月24日　耆英等奏上中英善后事宜单。

9月30日　英军劫走南京大磁塔上的装饰品。

10月2日　英舰从南京启碇开行。10月6日全数驶出长江。

10月11日　镇海招宝山英军开往舟山。

10月17日　牛鉴革职拿问（后定斩监候），改任耆英为两江总督。以伊里布为钦差大臣、广州将军，赴粤办理善后事宜。

本月，魏源编著的《海国图志》50卷出版（一作1843年1月出版）。此书是清末系统介绍世界各国历史和地理的名著。作者首次提出"师夷长技以制夷"，对当时中国社会产生了很大影响。

11月1日　澳门的马礼逊学堂搬到香港继续开办。

11月3日　英船到台湾索俘。

11月　广州遍贴反对英国侵略者入城告示，发布《全粤义士义民公檄》。

11月13日　清廷将奕山、奕经、文蔚革职，交部治罪。21日均定斩监候。

11月16日　英使璞鼎查自定海赴福州、厦门。

11月23日　璞鼎查照会闽督怡良，要求惩办台湾镇道戮杀英俘事。

11月25日　钱江人等于广州以明伦堂名义粘贴反英告白。

11月27日　美船到宁波请市被拒。

12月2日　璞鼎查到达广州。

12月7日　广州人民焚烧洋馆。

12月10日　林则徐到达伊犁惠远城，见到了早在戍所的邓廷桢。

12月20日　英军大部离港西返。

12月28日　英国政府批准《南京条约》。

威震镇海靖节魂

——抗敌英雄裕谦

中华魂·百部爱国故事丛书

提　要

《誓与禁烟相始终——民族英雄林则徐》

林则徐严禁鸦片，坚决抵抗西方列强的侵略，坚持维护国家主权和民族利益。他是中国近代历史上第一位睁眼看世界的人，是抗击帝国主义殖民侵略的第一人，是中华民族抵御外侮过程中伟大的民族英雄。

《血洒虎门御敌寇——抗英将军关天培》

民族英雄关天培，在第一次鸦片战争中为了抗击英国侵略者的入侵而血洒虎门，为国捐躯，谱写了一曲可歌可泣的英雄赞歌。关天培用他的生命，书写了中国人民反抗外侮的历史。

《威震镇海靖节魂——抗敌英雄裕谦》

在第一次鸦片战争期间的众多牺牲者中，有一位官阶最高，他就是两江总督裕谦。裕谦与外国侵略者斗争立场坚定，与国内妥协派、投降派斗争态度坚决。裕谦督战镇海，与英国侵略军浴血奋战，临危不惧，以身报国，浩气长存。

《斩邪留正解民悬——太平天国领袖洪秀全》

农民出身的洪秀全，从失意文人到起义领袖，经历了长期的思想演变过程，在外敌入侵、清朝政府腐朽的历史环境之下，顺应时代的潮流，成长为一位非凡的历史英雄人物，建立了与清朝政府相抗衡的农民政权——太平天国。

《仰承汉唐　荟萃中外——近代数学家李善兰》

李善兰是我国19世纪重要的科学家之一，在数学、天文学、力学等方面都有重大建树。他继承了我国古代数学的成就，又以极大的热情传播西方科学文化，"仰承汉唐，荟萃中外"，把自己的一生献给了科学事业。

《严谨治学　勇于探索——近代著名数学家华蘅芳》

华蘅芳，中国近代数学家之一。其精通中国古算学，并熟练掌握西方近代数学，是中国验证抛物线并著书立说的参与者。为了证明"外国有的，中国也能造"而鞠躬尽瘁，在引进西方科学技术、传播科学知识上贡献卓著。

《折冲樽俎护山河——近代著名外交家曾纪泽》

曾纪泽是中国近代史上著名的爱国外交家，在中俄伊犁交涉事件中，他秉承抵抗列强、保卫国家的坚定意志，利用外交手段全力同沙俄抗争，捍卫了国家主权、民族尊严，收回了祖国的领土，在近代中国外交史上留下了光辉的一页。

《甲午海战留英名——民族英雄邓世昌》

邓世昌，北洋水师名将。本书以邓世昌的成长过程为线索，以代表性的历史故事为主要内容，还原真实的历史事件，突出鲜明的人物性格。邓世昌因在中日甲午海战中突出的英雄气概而名垂史册，书写了伟大的爱国主义篇章。

《誓与舰队共存亡——北洋水师提督丁汝昌》

丁汝昌处在清朝政府的腐朽和李鸿章的专断下，难以施展爱国的抱负，壮志未酬，愤恨而终。但丁汝昌为建立近代海军作出的巨大贡献，带领北洋舰队爱国官兵勇抗强敌的英雄事迹，将永远为后代所传颂。

《镇南关上凯歌扬——抗法老英雄冯子材》

1885年中法战争中，年逾古稀的冯子材为抵御外国侵略，勇赴国

威震镇海靖节魂

难，大败法军于镇南关，并乘胜追击，接连收复文渊、谅山等地，从根本上扭转了中法战争的局面，成为近代民族英雄的杰出代表。

《屡败法军逞英豪——黑旗军将领刘永福》

刘永福是黑旗军的创建者，是农民出身的杰出军事家、政治活动家。在19世纪发生的援越抗法、中法战争中，他率部与帝国主义侵略者进行了殊死的战斗，建立了卓越的功勋，成为我国近代史上著名的民族英雄，为后世所景仰。

《矢志变法强国家——戊戌变法领袖康有为》

康有为是清末民初最有影响力的思想家之一。他领导了中国知识界的启蒙运动，掀起了一场自上而下的政体改革。他最早在中国提出了立宪政体和具体的宪政方案，主张在坚持儒家传统和帝制的前提下，学习西方经验，他的进步思想对近代中国具有深远的影响。

《开民智以报国　普新知而图强——戊戌变法思想家梁启超》

梁启超，中国近代史上著名的政治活动家、启蒙思想家、史学家、文学家，戊戌变法领袖之一。本书以百日维新思想家梁启超的成长过程为线索，以代表性的历史故事为主要内容，还原真实的历史事件，突出鲜明的人物性格。

《我自横刀向天笑——维新志士谭嗣同》

谭嗣同在民族危机的严重时刻，投身改革救中国的洪流。为了带给祖国一个光明的未来，紧要关头，他挺身而出，用自己的鲜血激励后人，把宝贵的生命献给了变法事业。

《睡乡敢遣警世钟——用生命警策国人的陈天华》

陈天华是民主革命的活动家和宣传家。他写的《猛回头》《警世钟》等书，起到了革命启蒙的重大作用。为了激发留日学生的爱国情怀，他不惜投海自杀，演出了近代史上感人至深的一幕，给后人留下了难忘的印象。

《革命军中马前卒——民主斗士邹容》

革命乃"至尊极高，独一无二，伟大绝伦之一目的"；它是"天演之公例，世界之公理，顺乎天而应乎人"的伟大行动。因此，必须"仗义群兴革命军"。他激情高呼："革命独子万岁！中华共和国万岁！"这就是《革命军》的作者，中国近代著名资产阶级革命宣传家邹容。

《休言女子非英物——鉴湖女侠秋瑾》

为民族解放和妇女解放而英勇斗争的秋瑾，冲破封建礼教的思想牢笼，打碎封建精神枷锁，崇仰真理，追求光明，主张共和，坚持男女平等，最终献出了自己年轻的生命。

《血溅校场　杀身成仁——民主斗士徐锡麟》

本书讲述了反清志士徐锡麟弃文从武、投身反清革命事业，最终被清政府杀害的故事。出于对国家的热爱，徐锡麟献出自己的生命，他的事迹将永远激励后人深切缅怀这位民主革命的先驱。

《生可死耳　我志长存——献身民主的禹之谟》

禹之谟，民主革命党人，同盟会会员，近代资产阶级革命家、实业家。1886年，20岁的禹之谟"提三尺剑，挟一卷书"游历四方，研究西方社会政治学说，忧国忧民之日日趋强烈。戊戌变法失败，他丢掉改良幻想，倡革命救亡之说，走上民主革命道路。

《物竞天择　适者生存——资产阶级启蒙思想家严复》

严复是中国近代著名的启蒙思想家、翻译家和教育家。他长期从事教育和翻译事业，为近代中国人才培养和思想启蒙做出了重要贡献，同时他也为中国的翻译事业和中西思想文化交流做出了重要贡献。

《辛亥革命急先锋——资产阶级革命家黄兴》

黄兴，清末民初资产阶级革命家，中华民国开国元勋。黄兴在武昌首义及辛亥革命时期的爱国表现，与孙中山闻名于当时，常被时人以"孙黄"并称。本书以资产阶级革命活动实干家黄兴的成长过程为线索，歌颂了先辈伟大的爱国主义精神。

《矢志革命　百折不回——近代民主革命家廖仲恺》

廖仲恺追随孙中山踏上了创立民国与捍卫共和制的旧民主主义革命

之路；在新民主主义革命时期，他为建立、巩固首次国共合作和实施三大政策，英勇奋斗，为国殉职，洒尽了一腔热血。

《将军拔剑南天起——护国英雄蔡锷》

蔡锷是中国近代史上的杰出军事家、爱国者。他的一生短暂而伟大。辛亥革命爆发，他毅然投身于革命洪流之中，领导云南重九起义，对武昌起义积极响应。袁世凯窃国复辟、恢复帝制的阴谋暴露出来以后，他又毅然举起了武装讨袁的旗帜。

《反帝反封建运动——五四青年的爱国故事》

五四运动是一次伟大的反帝反封建的爱国运动；是一个伟大的历史转折点；是中国人民的斗争从挫折走向胜利的一个关节点，它为中国的前进开辟了一条全新的道路，拉开了中国新民主主义革命的序幕。

《思想自由 兼容并包——著名教育家蔡元培》

蔡元培是中国近现代著名的民主革命家和教育家，一生经历风雨，却始终信守爱国和民主的政治理念，致力于废除封建主义的教育制度，奠定了我国新式教育制度的基础，为我国教育、文化、科学事业的发展做出了富有开创性的贡献。

《为国家争光 为民族争气——中国铁路之父詹天佑》

詹天佑是我国最早的杰出铁道工程师，因主持建造京张铁路而闻名中外，被誉为"中国铁路之父"。他为祖国的铁路事业贡献了毕生的精力。本书向读者展示了詹天佑热爱祖国、科技兴国的辉煌人生。

《实业救国 衣被天下——轻工之父张謇》

张謇是爱国实业家、教育家。他年轻时中过状元。过了40岁，开始投身工商实业活动中，他的名言是"富民强国之本在于工"。在南通，创办大生丝厂、银行等各种实业。并将创办实业的大部分所得投入教育。他的观点是，教育和实业一样，也是"富强之大本"。

《心向革命 追求光明——平民将军冯玉祥》

冯玉祥将军"是一位从旧军人转变而成的坚定的民主主义战士"。

抗日战争期间，他辗转各地，用实际行动积极抗战。日本战败投降后，他为了断绝美国的援蒋内战，又在美国四处演说，揭露蒋介石统治之黑暗，痛斥美国阴谋分裂中国的不良行为。

《刑场上的婚礼——革命烈士周文雍　陈铁军》

周文雍是广州起义的主要领导人之一。陈铁军出身于华侨商人家庭，却毅然投身革命洪流。1928年1月，两人接受派遣，回到广州假扮夫妻从事革命斗争，却不幸被捕。临刑前，两位烈士将敌人的枪声当作自己婚礼的礼炮，用生命和爱情谱写出一曲千古绝唱。

《星星之火　可以燎原——井冈山斗争的故事》

1927—1929年，毛泽东、朱德等老一辈革命家，在井冈山创建了农村革命根据地，进行了艰苦卓绝的斗争，建立了新型革命武装，点燃了工农武装革命之火，找到了农村包围城市最后夺取政权的中国革命的正确道路。

《新民学会的主要发起人——中国共产党早期革命家蔡和森》

蔡和森青年时期曾与毛泽东等人一起组织进步团体新民学会，参加五四运动，并在赴法国勤工俭学时研读大量马克思主义著作，回国后以满腔热忱投身革命事业，成为中国共产党早期重要的理论家和宣传家。

《威震黄浦江畔　高奏抗日壮歌——一·二八淞沪抗战》

面对日本侵略者的挑衅，十九路军在蒋光鼐、蔡廷锴的带领下，高举义旗，奋力一搏。一·二八淞沪抗战，是中国军人捍卫军人荣誉和祖国尊严所发出的吼声，谱写了一曲抗击日军侵略的英雄壮歌。

《将军恨不抗日死——慷慨就义的吉鸿昌》

在国难深重的20世纪30年代，吉鸿昌将军因拒绝执行国民党指示，坚决不打内战，被迫携眷出国"考察"。回国后，他加入中国共产党，组织了民众抗日同盟军，英勇打击日本侵略者，后于1934年11月被国民党反动派杀害。

《献身革命　甘于清贫——梅岭忠魂方志敏》

　　大革命失败后，方志敏凭着"两条半步枪"起家，身经百战，创建了赣东北革命根据地和红十军。本书真实记录了方志敏投身于革命、领导红军和敌人进行艰苦卓绝斗争的经历，歌颂了烈士贫贱不移、威武不屈、献身革命的高尚品质。

《奏响中华最强音——人民音乐家聂耳》

　　聂耳在他有限的生命中创作了数十首革命歌曲，在抗日救亡运动中，聂耳的这些歌曲产生了广泛深远的影响。他的音乐创作为中国无产阶级革命音乐的发展指明了方向，树立了榜样。

《横眉冷对千夫指——中国文化革命主将鲁迅》

　　鲁迅不但是伟大的文学家，而且是伟大的思想家和伟大的革命家。在那风雨如晦的黑暗年代里，他以笔为投枪，同一切帝国主义和反动派进行了顽强的战斗，为中国人民树立了一个不朽的丰碑。他是新文化战线上的一面光辉旗帜，是我们伟大民族的灵魂。

《铁流两万五千里——红军长征的故事》

　　红军长征是人类历史上的一次伟大的壮举。第五次反"围剿"失败后，中国工农红军的三大主力在极端艰难的条件下，突破国民党军队的围追堵截，进行了史无前例的战略大转移，总行程达两万五千里以上。途中发生了许多动人故事，至今令人难以忘怀。

《荣辱不移革命志——创建陕北红军的刘志丹》

　　刘志丹是杰出的无产阶级革命家、军事家，西北红军和西北革命根据地的主要创始人之一。他一生热爱人民，追求真理，英勇善战，百折不挠，艰苦奋斗，忠心赤胆，为创建红军和革命根据地、为中国人民的解放事业建立了不可磨灭的功勋。

《英名永存北平城——爱国将领佟麟阁　赵登禹》

　　1937年7月28日，日军向北平郊区发动进攻。第二十九军副军长佟麟阁奉命在南苑率部与日军苦战，腿部受伤，头部被敌机炸伤，壮烈殉国。第一三二师师长赵登禹指挥部队顽强抵抗日军，右臂中弹负伤，仍继续作战。后在转移途中遭日军截击而牺牲。

《八百壮士　四行仓库铸军魂——谢晋元和他的战友们》

八一三抗战，中国军人以血肉之躯揭开全面抗战的帷幕。这是一场血战，是中国军人不挠不屈的英雄诗篇，其中的八百壮士守四行，成为这首英雄颂歌中最动人、最凄美的音符。一曲四行保卫战，铸就了不屈的军魂。

《八女投江　气贯长虹——八位抗联女战士》

抗日战争时期，以冷云为首的东北抗日联军8名女战士，为捍卫民族尊严，面对凶残的日寇，镇定自若，宁死不屈，投江殉国，表现了中华民族同敌人血战到底的英雄气概。她们的光辉形象，激励着千千万万的后来人。

《艰苦抗战　威震敌胆——著名抗日英雄杨靖宇》

杨靖宇将军是我国著名的抗日民族英雄。曾先后担任磐石游击队政治委员、东北抗日联军第一军军长兼政委、抗日联军总司令等职。领导军民对日寇坚持了长达9个年头的艰苦卓绝的斗争，最终以身殉国。

《死也不当亡国奴——镜泊抗日英雄陈翰章》

陈翰章，从1932年8月投笔从戎，直到1940年12月8日为抗击日本侵略者，战死在镜泊湖畔。他在抗日疆场上奋战了九年，他那可歌可泣的英雄事迹将为人们永世传颂。

《名将殉国　气壮山河——抗日将军张自忠》

著名抗日将领、民族英雄张自忠，生于忧患的时代，抱有"宁为百夫长，胜作一书生"的志向，经历过失败与低谷，最终成就了慷慨人生。本书主要以人物活动为主，勾画出一个真正的"民族魂"鲜活的人生，会带给读者振奋的力量。

《宁死不辱战士名——狼牙山五壮士》

1941年日寇在河北易县"扫荡"。为掩护群众和主力部队撤退，五

107

威震镇海靖节魂

——抗敌英雄裕谦

位八路军战士毅然把敌人引上了狼牙山棋盘坨峰顶绝路。弹尽粮绝、无路可退，五位英雄纵身跳下了万丈悬崖，用生命和鲜血谱写出一曲惊天地泣鬼神的壮举。

《太行浩气传千古——抗日名将左权》

左权，中国工农红军和八路军高级指挥员，著名军事家。是八路军在抗日战场上牺牲的最高指挥员。名将阵亡，太行山为之垂首，全党为之悲痛。周恩来称他"足以为党之模范"，朱德赞誉他是"中国军事界不可多得的人才"。

《虎将兴关外　抗倭统雄师——抗联英雄赵尚志》

本书描写了久经考验的共产党员、东北抗联的创建者和主要领导人赵尚志，在艰苦卓绝的条件下，坚持抗战，威震敌胆，战功卓著，忍辱负重，忠贞不屈，为国捐躯的英雄故事，为青少年读者呈上一部爱国主义的佳作。

《黄埔之英　民族之雄——抗日名将戴安澜》

抗日名将戴安澜，先后参加保定、漕河、台儿庄、武汉、昆仑关等战役，作战英勇，屡建奇功；入缅作战，"扬威国外，藉伸正义"；守东瓜，复棠吉；殒身缅北，遗恨丛林，马革裹尸，成就了光辉的一生。

《爱国志士　民主先锋——新闻出版家邹韬奋》

本书讲述了邹韬奋献身新闻出版事业的奋斗历程，展现了一位新闻工作者坚定的革命信念和炽热的爱国主义精神，全心全意为人民服务、为读者服务的奉献精神，歌颂了他的高尚情操和优良品质。

《为抗战发出怒吼——人民音乐家冼星海》

人民音乐家冼星海，青年时期在巴黎求学，饱尝屈辱与磨难；学成后毅然回到多灾多难的祖国，用满腔热忱谱写激昂的音乐，鼓舞中华儿女的斗志；奔赴延安，谱写出不朽的名作《黄河大合唱》，发出中华民族抗日救亡的怒吼。

《全民皆兵　抗击日寇——抗日战争的故事》

中国人民进行的十四年抗战，是一百多年来中国人民反对外敌入侵第一次取得完全胜利的民族解放战争。这场战争是以国共两党合作为基础，有社会各界、各族人民、各民主党派、抗日团体、社会各阶层爱国人士和海外侨胞广泛参加的全民族抗战。

《捧着一颗心来　不带半根草去——人民教育家陶行知》

陶行知是我国现代教育史上伟大的人民教育家、教育思想家。他从青年起就立志献身教育事业，以"捧着一颗心来，不带半根草去"的赤子之心，为人民的教育事业鞠躬尽瘁。

《为民主与和平拍案而起——民主斗士闻一多》

闻一多早年与梁实秋等人发起成立清华文学社。赴美留学期间由对祖国的深深眷恋而创作著名的《七子之歌》。后在西南联大任教8年，积极投身于抗日运动和争取民主的斗争，发表了著名的《最后一次讲演》。

《铁窗难锁钢铁心——革命先烈王若飞》

王若飞是我党早期杰出的无产阶级革命家。在艰苦卓绝的斗争中，他出生入死，屡建奇功，以超人的睿智和胆略，在敌人的监狱中，同敌人展开了殊死的较量，为抗战的胜利和新中国的诞生做出了卓越的贡献。

《横扫千军　还我河山——抗联名将李兆麟》

李兆麟是东北抗日联军创建人之一，他率领抗日联军历尽千难万险与日本侵略者浴血奋战，在极其艰苦的条件下，保存了抗日联军的有生力量，为东北光复做出了重大贡献。

《锄头开出新天地——解放区大生产运动》

为了解决困难，渡过难关，党中央号召党政军民齐动手，开展大生产运动。中国共产党在其控制区域内发动的一场军队屯田和鼓励生产的群众运动，达到了自己动手丰衣足食，共度难关，既进行革命又进行生产自足的目的。

威震镇海靖节魂

《生的伟大 死的光荣——女英雄刘胡兰》

刘胡兰，坚贞不屈的少年女英雄。生前对我国劳动人民的解放事业无限忠诚，在敌人威胁面前，大义凛然，毫无惧色，英勇牺牲，表现了共产党员的高贵品质。

《饿死不领美国救济粮——爱国知识分子的楷模朱自清》

朱自清作为爱国知识分子的典型，以锐利的笔锋直言痛斥反动政府的暴行，体现了他崇高的爱国情怀和不畏恶势力的精神品格。毛泽东曾给朱自清先生以高度评价："一身重病，宁可饿死，不领美国的'救济粮'"，"表现了我们民族的英雄气概"。

《为了新中国前进——舍身炸碉堡的董存瑞》

伟大的英雄，中国人民的儿子董存瑞，从儿童团长成长为一名光荣的解放军战士，在1948年解放隆化县城时，舍身炸碉堡，为新中国献出了自己年轻的生命。他的英雄形象永远留在人民心里。

《宁死不屈的共产党员——革命烈士江竹筠》

江竹筠，就是著名的江姐。1947年春，她负责《挺进报》工作，只几个月的时间，报纸就发行到1600多份，引起了敌人的极大恐慌。由于叛徒出卖，江姐不幸被捕，惨遭毒刑的残酷折磨，仍坚贞不屈。最后被特务秘密枪杀，年仅29岁。

《抗美援朝 保家卫国——志愿军的战斗故事》

抗美援朝战争是中国人民志愿军为援助朝鲜人民、保卫祖国安全，与美国为首的"联合国军"发生的战争。在朝鲜牺牲的志愿军烈士们，他们英勇的战斗事迹、保家卫国的精神值得我们发扬光大。

《上甘岭上壮烈歌——黄继光和他的战友们》

在1952年10月的上甘岭战役中，黄继光和他的战友们在零号阵地半山腰被敌机枪火力点压制，此时，黄继光身上已经多处负伤，手雷也已全部用光。为了完成任务，减少战友的伤亡，他用自己的胸膛堵住正在扫射的敌机枪射孔，为反击部队扫清了前进的道路。

《诗书印画　全入神品——国画大师齐白石》

齐白石出身贫寒，做过农活，当过木匠，后改学雕花木工，从民间画工入手，摹古人真迹，学诗文书法，融汇古今，而诗、书、印、画俱佳；他将中国画的精神与时代的精神统一得完美无瑕，使中国画得到国际的重视，无愧于"国画大师"的称号。

《毕生为文化而奋斗——中国第一出版家张元济》

张元济参与、主持和督导商务印书馆近六十年，使其从简单的印刷企业转变为当时中国教育出版的旗帜。张元济一生爱书，在中华大地动荡不安的年代里，他用自己对文化的热爱，续存着中华民族灿烂悠久的文明之光。

《独树一帜　梨园大师——著名京剧表演艺术家梅兰芳》

梅兰芳，京剧大师，演唱风格独树一帜，世称"梅派"。曾先后赴日本、美国、苏联演出，并荣获美国波摩那学院和南加州大学的荣誉文学博士学位。作为一位爱国者，抗战期间蓄须明志，拒绝为日本人演出，为后世称颂。

《华侨旗帜　民族光辉——爱国侨领陈嘉庚》

陈嘉庚是著名的爱国华侨领袖、企业家、教育家、慈善家、社会活动家。他为辛亥革命、民族教育、抗日战争、解放战争、新中国的建设做出了卓越的贡献。生前被毛泽东誉为"华侨旗帜、民族光辉"。

《向雷锋同志学习——伟大的共产主义战士雷锋》

雷锋，一个平凡而伟大的共产主义战士，一心向着党，一生秉承着全心全意为人民服务、无私奉献的崇高思想；发扬刻苦学习和钻研理论的"钉子"精神；坚持勤俭节约、艰苦奋斗的优良作风。毛泽东为其题词："向雷锋同志学习。"

《人民的好公仆——县委书记的好榜样焦裕禄》

焦裕禄，被誉为县委书记的好榜样。他用自己的革命精神，展开了与大自然、与社会落后现象、与病魔的多重抗争，让我们领略到一

威震镇海靖节魂

——抗敌英雄裕谦

个共产党人的生之伟大、死之壮美的人格品质和具有现实教育意义的
精神魅力。

《文学巨匠　京味大师——人民作家老舍》

老舍是我国现代小说家、文学家、戏剧家。他用融入骨髓的真诚文
字反映生活的喜怒哀乐。老舍的一生，总是在忘我地工作，他是文艺界
当之无愧的"劳动模范"，生前被北京市人民政府授予"人民艺术家"
的称号。

《革命老人——无产阶级教育家徐特立》

徐特立是一代伟人毛泽东的老师。他出生在贫苦家庭，大部分时间
生活在动荡艰苦的年代；他刻苦勤奋，不畏艰辛，追求光明，一生勤
俭，为革命培养了大量的人才；他对党和人民任劳任怨，鞠躬尽瘁。他
坎坷奋斗的一生，留下了许多可歌可泣的故事。

《人生能有几回搏——新中国第一个世界冠军容国团》

容国团先后担任中国乒乓球队运动员、女队主教练。获得1959年男
子单打世界冠军；1961年夺得男子团体世界冠军；作为中国女队主教
练，1965年率女队第一次夺得女子团体世界冠军。他的"人生能有几回
搏"的豪言，举国传诵。

《石油工人一声吼　地球也要抖三抖——铁人王进喜》

王进喜，新中国第一批石油钻探工人。他为祖国石油工业的发展和
社会主义建设立下了不朽的功勋，在创造了巨大物质财富的同时，还给
我们留下了宝贵的精神财富——铁人精神。他被评为"百年中国十大人
物"，写入中华民族的光辉史册。

《做人民需要我做的事——著名地质学家李四光》

李四光是一位伟大的科学家，他一生从事地质学研究工作，足迹遍布
祖国的山川，为祖国探明了许多地下宝藏；他创建了崭新的学说——地质
力学；他历尽重重困难，为正确认识地质构造开辟了一条新路。

《中国化学工业的先驱——著名化学家侯德榜》

　　为摆脱纯碱需要进口的窘况，20世纪初，怀着"实业救国"梦想的中国化工先驱侯德榜等人创办了永利碱厂，并立志生产出中国人自己的碱。1926年，永利碱厂终于成功地生产出"红三角"牌纯碱，从此中国制碱业得以跨入世界先进行列。

《毕生求是　一丝不苟——著名科学家竺可桢》

　　著名科学家竺可桢献身科学研究；治学严谨，一丝不苟；一生廉洁，两袖清风；作风民主，爱护学生。他以爱国之心、报国之志，从一个民主主义者逐渐成长为一个共产主义战士。

《热爱自然的大地之子—　著名植物学家蔡希陶》

　　蔡希陶，五十载风雨，五十载坎坷，五十载奋斗，五十载开拓，为了发现对人类生产、生活有用的植物及新物种的引进而做出巨大贡献，在中国的植物资源学史上将永远镌刻着他的名字。

《高洁无私的襟怀——知识分子的楷模蒋筑英》

　　蒋筑英是中国当代知识分子的先锋典范，他不为名，不为利，尊重科学；他以坚忍的毅力和顽强的作风，在科学的道路上呕心沥血，鞠躬尽瘁，无私地奉献了青春和生命。

《迎接新生命的天使——卓越的妇产科专家林巧稚》

　　林巧稚是国内外享有盛誉的妇产科专家。在五十多年的医学教育和临床实践中，林巧稚亲自接生了五万多婴儿，治愈了数千病人，培养了数以百计的专门人才，为我国的妇女儿童事业做出了不可磨灭的贡献。

《独自成千古　悠然寄一丘——国画大师张大千》

　　张大千是20世纪中国画坛最具传奇色彩的国画大师，无论是绘画、书法、篆刻、诗词无所不通。在艺术界深得敬仰和追捧，艺术家们用真挚的感情，用绘画和雕塑展现了"张大千"多彩的艺术形象。

《建造中国的通天塔——著名数学家华罗庚》

中国当代著名数学家华罗庚，为中国数学的发展做出了无与伦比的贡献，他是中国解析数论、典型群、矩阵几何等多方面研究的创始人与开拓者，也是我国最早将数学理论研究与生产实践紧密结合的科学家。

《问鼎长天 强我国威——两弹元勋邓稼先》

邓稼先是我国著名科学家，参加组织和领导我国核武器的研究、设计工作，从对原子弹、氢弹原理的突破和试验成功及其武器化，到新的核武器的重大原理突破和研制试验，作出了重大贡献。是我国核武器理论研究工作的奠基者之一，被誉为"两弹元勋"。

《敢叫天堑变通途——桥梁专家茅以升》

中国著名的桥梁专家茅以升从小立志为祖国建造桥梁，经过不懈努力，他不仅设计建造了一座座宏伟壮观、坚固实用的道路桥梁，而且搭建了一座座友谊之桥，为祖国建设作出了卓越贡献。

《蘑菇云之梦——核物理学家钱三强》

被誉为"中国原子弹之父"的核物理学家钱三强，更名后立志于科技报国；24岁投师于世界著名核物理学家居里夫妇；与夫人何泽慧合作，发现铀的"三分裂""四分裂"现象；统领我国的原子大军，做了大量创造性工作。

《两离桑梓地 满怀雪域情——领导干部的楷模孔繁森》

孔繁森，是一位一尘不染、两袖清风的好干部。两次进藏工作，历时十载，为西藏的建设、发展和稳定作出了突出的贡献。1994年11月，孔繁森不幸以身殉职。人民群众称他为新时期领导干部的楷模。

《摘取数学皇冠上的明珠——著名数学家陈景润》

陈景润是享誉世界的数学家，为了证明"哥德巴赫猜想"，他以惊人的毅力在数学领域里艰苦跋涉，终于攻克了世界著名数学难题"哥德巴赫猜想"中的"1＋2"，创造了中国乃至世界数学史上的辉煌。

《学术独步　饮誉四海——享有国际威望的科学家卢嘉锡》

　　卢嘉锡是一位在国际科学界享有崇高威望的物理化学家、化学教育家和科技组织领导者。1945年，卢嘉锡满怀"科学救国"的热忱回到祖国，对中国原子簇化学的发展起了重要推动作用，他所指导的新技术晶体材料科学研究，也取得了重大成绩。

《德艺双馨　梨园楷模——著名豫剧表演艺术家常香玉》

　　常香玉1941年赴陕甘演出。1948年在西安创办香玉剧社。1951年为支援抗美援朝，率剧社巡回西北、中南、华南各地演出，以演出收入捐献"香玉剧社号"战斗机一架，素有"爱国艺人"之誉。

《文学大师　激流勇进——著名作家巴金》

　　本书以巴金生平和主要事迹为线索，回顾和展示现代著名作家巴金的一生，以期让人们看到巴金在这风云变幻的100多年中，有过成功的欢欣，有过屈辱的磨难，有过痛苦的忏悔，有过平静的安宁。巴金的人生，映照着一代中国五四知识分子坎坷而不平凡的命运。

《壮心系科学　孜孜为国昌——理论化学家唐敖庆》

　　本书讲述了唐敖庆从出国求学、学业有成、回国任教，到服从安排、艰苦工作、刻苦钻研，最终成为中国量子化学奠基者的过程。让人们看到了这位著名化学家的赤心爱国、严谨治学、大公无私的崇高品格和科研上的卓越成就。

《中国导弹之父——著名科学家钱学森》

　　当第一颗原子弹升空的时候，当中国的人造卫星奏响《东方红》的时候，当中国运载火箭腾空而起的时候，当中国研制的导弹准确命中目标的时候，人们都会想起他的名字：中国导弹之父钱学森。

《中国近代力学的奠基人——著名科学家钱伟长》

　　钱伟长曾以中文和历史两个100分的成绩考入清华大学。九一八事变后，钱伟长毅然放弃了文科的学习而转为理科。他是中国近代力学、应用数学的奠基人之一，在固体力学、流体力学以及航空航天领域，取

得了卓越的成就，为新中国的现代化建设付出了毕生的精力。

《中国光学科学的奠基人——著名科学家王大珩》

王大珩是我国著名的科学家，中国光学科学的奠基人。他先在清华就读，后赴英国求学，学业有成，立志科学救国，其成就享誉神州。他以科学的求是精神和赤诚的爱国情怀，探索着中国光学发展的闪光之路。